Victoria Parker

Más allá de la venganza

HARLEQUIN™

Editado por Harlequin Ibérica.
Una división de HarperCollins Ibérica, S.A.
Núñez de Balboa, 56
28001 Madrid

Más allá de la venganza, n.º 2407 - 12.8.15
Título original: The Ultimate Revenge
Publicada originalmente por Mills & Boon®, Ltd., Londres.

I.S.B.N.: 978-84-687-6232-6
Depósito legal: M-16286-2015
Impresión en CPI (Barcelona)
Fecha impresion para Argentina: 8.2.16
Distribuidor exclusivo para España: LOGISTA
Distribuidor para México: CODIPLYRSA
Distribuidores para Argentina: Interior, DGP, S.A. Alvarado 2118.
Cap. Fed./Buenos Aires y Gran Buenos Aires, VACCARO HNOS.

Capítulo 1

DICEN que es imposible planificar un huracán. Nicandro Carvalho podía. Era capaz de provocar una tormenta con una sonrisa. Y tras diez años planeándolo, y meses agitando esa tormenta, al fin estaba preparado para desatar el caos.

«Zeus, voy a por ti. Aniquilaré tu mundo, como tú destrozaste el mío».

En el Barattza de Zanzíbar, punto de celebración de la ostentosa reunión de Q Virtus de aquel fin de semana, hacía tanto calor y humedad que la camisa se le pegaba al cuerpo como una segunda piel y el sudor le caía bajo la máscara. Sin embargo, avanzó imperturbable entre la multitud de multimillonarios, pendiente de su bonita *Petit Q*, su pase para la guarida de Zeus.

«Mirar, pero no tocar», era la regla de oro.

Como si él hubiera respetado las reglas alguna vez. «Las reglas son para los tontos aburridos», como diría su madre, aunque su voz ya solo le llegaba como un lejano eco del pasado.

A su paso, numerosas personas lo saludaron y Nicandro les devolvió el saludo con un gesto de la cabeza o un rápido «buenas noches».

Mantuvo el paso firme, así había sido desde la

época en que se llamaba Nicandro Santos, un aterrorizado adolescente de diecisiete años que se había subido a un carguero en Río, y escondido en un sucio contenedor, rumbo a Nueva York. Y se había mantenido firme cuando había cambiado de identidad. Así había surgido Nicandro Carvalho, que había vendido su cuerpo en las calles de Brooklyn antes de desollarse las manos en la construcción.

Tampoco había titubeado al adquirir su primera propiedad, y luego otra, obsesionado con ganar dinero suficiente para sacar a su abuelo de Brasil y llevarlo a vivir con él.

Esa firmeza le había recompensado con un poder y una riqueza casi obscena, hasta ser aceptado en las filas secretas de Q Virtus, donde su propósito era infiltrarse y tomarlo desde el interior.

Le había llevado diez años planearlo, reconstruir el Imperio Santos, el legado de una vida que le había sido arrebatada junto a sus padres.

–¿Adónde vas con tanta prisa, Nic?

La voz de Narciso, su amigo, lo obligó a volverse. La parte superior del rostro quedaba oculta tras una máscara dorada que recordaba a una corona de laurel.

–¡Salve al emperador Narciso! –saludó Nic con una sonrisa–. ¿A quién se le ha ocurrido esto?

–No tengo ni idea, pero me siento el amo del mundo.

–Por supuesto –Nic puso los ojos en blanco–. ¿Qué tal la bola y la cadena?

Narciso sonrió ante el cinismo de su amigo.

Horribles máscaras. Era el requisito para proporcionar cierto anonimato, pero solo servía para enfurecer a Nic, como todo lo relacionado con Q Virtus.

Era un club para caballeros de la élite. Prestigioso,

ilustre. El club más codiciado del mundo, presidido por un mentiroso y vil asesino.

Qué ironía, pensó, que multimillonarios adultos estuvieran dispuestos a vender su alma por ser miembros de Q Virtus, entregando su reputación, respeto y confianza a un criminal.

Pero no por mucho tiempo. No cuando él hubiera sacado a la luz la cruda realidad.

–Tan guapa como siempre. Acompáñame al salón de juegos, me gustaría charlar contigo.

–Vayamos a una mesa privada –Nicandro empujó al otro hombre hacia el salón de la ruleta.

–Caballeros, hagan sus apuestas –anunció un crupier.

Nic arrojó una ficha de cinco mil dólares y eligió unos números mientras esperaba a que su amigo apostase.

–Veinte mil dólares al diecisiete negro –confirmó impasible el crupier.

–¿Te sientes atrevido sin tu dama junto a ti? –Nic soltó un silbido.

–Me siento afortunado. Es lo que consiguen la bola y la cadena.

Su socio seguía bajo los efectos narcóticos del sexo cotidiano y Nic le deseó que la resaca tardara en llegar, pues no quería ver apagarse las luces de su mirada. Triste, pero inevitable.

–Dime una cosa, ¿no te parece extraño que jamás hayamos visto al señor Misterioso?

Narciso no se molestó en fingir que no sabía de quién estaban hablando.

–Ese tipo valora su intimidad –arqueó una ceja–. ¿No nos pasa a todos?

–Tiene que haber algo más.

–Siempre tan desconfiado, Carvalho.

La bolita cayó en el diecisiete negro y una exclamación de satisfacción llenó el aire. Sin embargo, Nic tenía cosas más importantes en la cabeza. Y todas conducían a lo mismo. A Zeus.

–A lo mejor no se le dan bien las relaciones sociales –sugirió Narciso–. Dicen que está relacionado con la mafia griega. A lo mejor su cuerpo está cubierto de cicatrices de balazos. A lo mejor es mudo. A lo mejor tímido. Desde la última reunión, hay toda clase de rumores.

Nic conocía bien esos rumores. Por supuesto. De hecho, había lanzado la mayoría de ellos.

–¿No te preocupa que Q Virtus pueda ser algo turbio? –preguntó con toda la inocencia de que fue capaz–. A algunos parece que sí les preocupa. Aquí faltan unos cuantos miembros.

Era increíble el poder de unos cuantos rumores susurrados en los oídos adecuados. La duda era un arma poderosa, destructiva, y Nic había iniciado un fuego que se estaba descontrolando.

Narciso se encogió de hombros, como si formar parte de un club corrupto lo tuviera sin cuidado.

–Puede que los orígenes del club fueran algo turbios. Tú y yo conocemos personalmente a varios miembros, y todos han hecho fortuna con beneficiosos acuerdos comerciales. Dudo que nada de eso sea cierto. Los rumores suelen ser fantasías producto de celos, o de algún oscuro motivo.

Aunque Nic estaba decidido a guardarse para sí esos oscuros motivos.

–De todos modos, me gustaría conocerle –si algo

salía mal, si desaparecía, quería que Narciso supiera adónde se había dirigido.

–¿Por qué? ¿Qué quieres tú de Zeus?

Destrozarle la vida. Hacerle sufrir como habían sufrido sus padres, su abuelo y él mismo.

El anciano al que adoraba era la única familia que le quedaba. Él le había obligado a ser fuerte, a continuar cuando hubiera preferido morir en el mismo baño de sangre que sus padres.

–¿Hay algo que quieras contarme, Nic?

«Sí». Sin embargo, no quería arrastrar a Narciso al centro de una tormenta que él había creado.

–No especialmente.

–¿Y cómo pretendes llegar hasta el misterioso, solitario y famoso Zeus?

Nic bebió otro trago de vodka mientras contemplaba a la *Petit Q* que llevaba cortejando desde su llegada la noche anterior. No le había costado más que una sensual mirada. Pan comido.

Un paseo romántico a medianoche por la playa le había proporcionado su huella dactilar en la copa de champán. Una sutil caricia le había permitido acceso a la cintura para, a continuación, arrebatarle la tarjeta de seguridad. Quedaba pendiente una promesa de seducción en la suite de la joven, promesa que no tenía la intención de cumplir y que le permitiría deshacerse de ella.

–Debería haberme imaginado que había una mujer –Narciso siguió la mirada de su amigo–. Me gusta tu estilo, Carvalho, aunque pienso que ese vodka se te ha subido a la cabeza.

Nic soltó una carcajada, pero solo duró el tiempo que tardó en mirar a su amigo a los ojos.

¿Qué iban a pensar de él Narciso y su amigo, Ryzard, cuando hiciera estallar el Q Virtus por los aires? ¿Qué dirían cuando les privara de alternar con los hombres más poderosos del mundo? No lo entenderían. Narciso era lo más parecido a un amigo íntimo que hubiera tenido jamás, y Ryzard era un buen hombre. Aunque ellos no lo supieran, les estaba haciendo un favor. Ellos no tenían ni idea de lo que era capaz Zeus. Él sí.

–Hablando de rumores –murmuró Narciso–. He oído que has recibido una oferta de Goldsmith.

–¿Cómo sabes eso? –Nic casi se atragantó con el vodka.

–¿De verdad creías que Goldsmith mantendría en secreto la posibilidad de que el poderoso Nicandro Carvalho, magnate del negocio inmobiliario, se pueda convertir en su yerno? Se lo contó a mi padre. Y él me lo contó a mí. Yo le dije que Goldsmith deliraba.

Nic reprimió un suspiro de impaciencia. Era lo último de lo que deseaba hablar.

–¡No me digas que estás considerando seriamente casarte con Eloisa Goldsmith!

–Lo estoy considerando, sí –«no». «A lo mejor».

–¡Debes de estar de broma, Nic!

–¡No grites! Solo porque tú estés cegado por el sexo y la pasión... perdona, quería decir que solo porque hayas encontrado la dicha eterna –murmuró él con sarcasmo–, no quiere decir que yo también desee firmar mi condena de muerte. Un matrimonio de conveniencia es perfecto para mí.

–Que los dioses te ayuden si te encuentras con una mujer que te ponga de rodillas.

–Si eso sucede alguna vez, amigo mío, te compraré un cerdo de oro.

–Eloisa Goldsmith –Narciso sacudió la cabeza–. Estás loco.

–Loco no, pero llego tarde a una cita –Nic apuró la copa y se puso en pie.

–¿Por qué considerarlo siquiera? Es un ratón de campo. Te habrás hartado en una semana.

Exactamente. Jamás se enamoraría de ella, pero tendría a una mujer dulce y cariñosa como madre de sus hijos. A los veintinueve años caminaría hacia el altar, culminada su meta.

Diamantes Santos.

El gran amor de su abuelo, su orgullo y su alegría. Goldsmith no solo le daría la mano de su hija.

No le entusiasmaba la idea, pero se había prometido a sí mismo considerarla mientras preparaba su venganza contra Zeus. Y estaría dispuesto si con ello Avô pudiera ver Diamantes Santos de vuelta a donde pertenecía. Era lo menos que podía hacer por el anciano.

–Y ahora, si me disculpas, tengo una cita con el placer.

El placer de la venganza final.

PRIVADO. NO PASAR.

A Nic le rugía la sangre en una letal combinación de excitación y ansiedad mientras pasaba la tarjeta de seguridad por el monitor del lector. Pensó con asco en los primeros días en Nueva York, cuando se había visto abocado a las calles de Brooklyn. Allí había conocido no pocos degenerados, aunque interesantes, personajes que caminaban por el lado peligroso de la vida, y que siempre se habían mostrado dispuestos a enseñarle un par de trucos.

Le dio un vuelco el corazón cuando la luz se puso verde y se encontró en el santuario de Zeus.

Unas antorchas de estilo marroquí inundaban el pasillo y las paredes de estuco blanco de una inquietante luz. Al final del pasillo había una puerta de madera tallada. Al acercarse, oyó unos gemidos, como si alguien tuviera una pesadilla. A Nicandro le parecieron de una mujer.

¿Su amante? ¿Su esposa? Ese hombre era lo bastante malévolo como para tener un harén.

Nic giró el pomo de la puerta y lo sintió ceder. Aquello era demasiado fácil.

Entró y cerró la puerta, no sin antes contener un silbido ante la opulencia que encontró.

Las paredes de color ocre estaban atravesadas por enrejados que permitían que la luz de los candelabros pasara de una estancia a la siguiente. Pero lo que le produjo una sensación de sensualidad fue el olor a incienso que hizo que moviera los ojos hacia la cama.

Unos escalones de mosaico conducían a una tarima elevada de, al menos, dos metros cuadrados. La estructura estaba cubierta por un dosel de seda dorada, cerrado en los cuatro extremos salvo por una pequeña abertura en una esquina. Era toda una provocación para mirar al interior.

Tras quitarse los zapatos, se acercó de puntillas con el pulso acelerado.

El inesperado relámpago, seguido de un sonoro trueno, no le ayudó a calmarse.

Una mujer yacía entre lujosos cojines y capas de seda en tonos blanco y dorado.

Nic se detuvo. Una extraña sensación de electricidad le hizo fruncir el ceño. Si creyera en la brujería brasileña, diría que sus antepasados le estaban gritando que se largara de allí.

Se sobrepuso al extraño trance y continuó recorriendo la suite, apreciando los mullidos sofás de color marrón y el jacuzzi que se erguía sobre otra tarima elevada en el cuarto de baño.

El conjunto era impresionante, y aun así producía una sensación hogareña.

Al fin, en la esquina más alejada, halló la respuesta a sus plegarias. Un escritorio repleto de carpetas y documentos.

La esperanza prendió en él, mezclada con cierta dosis de ansiedad. No era miedo a ser descubierto, sino más bien miedo a no descubrir nunca la verdad. A no encontrarse nunca cara a cara con el mismísimo Zeus. O, mejor dicho, Antonio Merisi.

Antonio Merisi, alias Zeus. Un nombre que se le había mantenido oculto durante años. Pero Nic tenía amigos en todas las esferas y cualquier cosa era posible si se pagaba el precio adecuado.

Descubrir otras empresas Merisi, aparte de Q Virtus, había resultado ser un tortuoso ejercicio de paciencia, considerando que también se ocultaban tras distintos alias, pero al cabo de unas semanas había destapado un par de esas empresas y todo se había puesto en marcha. Intervenir las cuentas bancarias de ese hombre, enturbiar su reputación, hacerle presenciar la destrucción de su imperio. Solo pedía estar presente y ver caer a los infiernos al hombre responsable de la muerte de sus padres.

De pie frente al escritorio, echó un vistazo a la primera carpeta: *Merpia Inc*.

«¿Merpia?». El mayor negocio de mercancías del mundo.

Eros International.

Ese no le había sorprendido, por las connotaciones griegas que envolvían al club y la breve mención del apellido Merisi en la cartera de la empresa.

Ophion, una naviera griega.

Petróleos Rockman.

Cada una de esas empresas generaba beneficios multimillonarios. Ese hombre no era rico, era, probablemente, uno de los hombres más ricos del mundo.

Las acciones que había emprendido Nic no supondrían más que una gota de agua en el mar.

Luchó contra una creciente sensación de desánimo hasta que otra carpeta llamó su atención.

«¿*Carvalho*?».

Alargó la mano hacia la carpeta, pero se detuvo ante la aguda voz que rompió el silencio.

–Yo no lo haría. Levanta las manos y apártate de la mesa. No te muevas o te volaré los sesos.

Justo cuando la cosa empezaba a ponerse interesante.

Nic levantó las manos con teatralidad y se giró.

–Vamos, querida, no nos peleemos...

Pero el «clic» del seguro de una pistola le hizo reconsiderar su actitud. Tenía que pensar en algo, y rápido. El sonido le había transportado trece años atrás en el tiempo.

–Quédate donde estás. No te he dado permiso para darte la vuelta.

Un escalofrío recorrió el cuerpo de Nic ante el tono dominante de la femenina voz.

–Como ordenes –contestó él, recubriendo su voz de un velo de sensualidad–. Aunque preferiría tener esta conversación cara a cara. Sobre todo, si eres tan hermosa como tu voz.

–¿Quién eres y cómo has entrado en mi suite?

–Voy a girarme para poder mantener esta conversación como dos adul...

Un agudo latigazo atravesó el aire y una bala le pasó rozando la cabeza.

–Buena puntería, querida –¿por qué no le permitía volverse?

–Muy buena, te lo aseguro. Y ahora prométeme que te portarás bien.

Nic tuvo la sensación de que no iba a ganar esa discusión. Y esa voz... ¡Dios!

–Me portaré bien. Palabra de scout.

Nunca había sido boy scout. Se lo había sugerido a su madre, pero ella había enarcado sus perfectas cejas y explicado que preferiría que se apuntara a jugar al póquer en el club de campo.

–Aunque, si lo que me pides es que coopere –Nic ignoró la pena ante el recuerdo de su madre–, resulto mucho más asequible sin una pistola apuntándome a la cabeza.

–Si tan familiarizado estás con el sonido de una pistola cargada, debes de haberte metido en más de un lío. ¿Por qué será que no me sorprende?

–Supongo que soy de esa clase de tipos.

–¿Un ladrón? ¿Un criminal? ¿Un demente?

–Un incomprendido, diría yo. O quizás enigmático, como tu amante. ¿O es tu jefe?

–¿Mi... jefe? –repitió ella con una altivez que dejaba claro que ningún hombre la gobernaba.

–De acuerdo, entonces es tu amante.

–Piensa un poco –bufó la mujer–. Y mientras estás en ello, cuéntame quién se supone que es ese jefe. ¿A quién estás buscando?

–A Zeus, por supuesto ¿a quién si no?

La suite quedó envuelta en un intenso silencio.

–Tenemos una reunión –Nic se la jugó–. Si no te importa, te agradecería que fueras a buscarle.

De repente, sonó una estruendosa carcajada. Contagiosa aunque oxidada, como si esa mujer no estuviera acostumbrada a reírse. Y, sin embargo, Nic sintió un ardiente placer.

–¿Una reunión? No lo creo. Y te advierto, forastero, que estás jugando con la persona equivocada. De modo que espero que no te importe que te deje con unos cuantos amigos míos.

Salidos de la nada, tres moles lo apuntaron con sendas armas y Nic sintió la urgente necesidad de protegerse la entrepierna. Y todo ello porque: 1) a pesar de las evidencias en contra, era un hombre de gran inteligencia y 2) a pesar de lo bien trajeados que iban, esos tipos tenían la mirada de quien ha llevado una vida muy dura y se ha deslizado hacia la locura.

–Vamos, querida, esto no es justo. ¿Tres contra uno?

–Te deseo suerte. Si sobrevives, volveremos a vernos.

Nic supo que aún no había terminado con esa noche, ni con esa mujer.

Capítulo 2

NO DEBERÍA haberse marchado. En lugar de recibir la noticia de que el intruso había sido entregado a las autoridades, o enviado en un avión a Tombuctú, tres guardas de seguridad con expresión de borregos le mostraban la imagen de un multimillonario maniatado en su bodega.

–No me lo puedo creer –susurró Pia.

Era alto, hermosamente sombrío, devastadoramente atractivo.

Un hombre famoso por satisfacer siempre sus ilimitados deseos, no por ser un criminal.

–Nicandro Carvalho. ¡He estado a punto de disparar a Nicandro Carvalho!

Pia se estremeció. Ese hombre había estado en su dormitorio. Pero lo que realmente le espantaba era haberle disparado a su cuadro preferido. El *Lobisomem*, palabra portuguesa para designar al hombre lobo. Y también el alias que ella misma le había otorgado al intruso.

–¡Habría sido culpa suya! ¿Qué hacía fisgoneando ahí dentro?

Las tres moles rebosantes de testosterona dieron un respingo ante el rugido de Jovan. Pia estaba acostumbrada a sus exabruptos cuando la protegía como si tuviera ocho años y no veintiocho.

–Al grano. ¿Cómo consiguió entrar aquí? –preguntó ella mirando furiosa a sus empleados–. Encontrad el fallo y solucionadlo. Alguien me ha traicionado y quiero saber quién.

–Sí, *madame*.

Evitó mirar de nuevo la pantalla, pues cada vez que lo hacía el cordero que había cenado amenazaba con regresar a la superficie, y miró furiosa a Jovan.

–¿Eras consciente de quién era antes de zarandearlo? Dime que lo trataste con suavidad.

–¿Suavidad? –Jovan la miró perplejo y ella solo tuvo que ver a los otros hombres.

Uno de ellos lucía un ojo morado y la nariz rota, y el otro gemía a cada movimiento. El tercero cojeaba pronunciadamente.

–Ese tipo debería ser luchador. Enseguida reconocí esa cara bonita, pero aun así sentí deseos de pulverizarlo. Podría haberte lastimado, Pia. ¿Qué más da que sea rico?

–De acuerdo, cálmate –que el cielo la ayudara–. Como todos los miembros del club, ha sido convenientemente investigado.

Nacido en Brasil en el seno de una familia humilde, había llegado a Nueva York para hacer fortuna. El que fuera un hombre hecho a sí mismo le otorgaba su más profundo respeto. Pia sabía lo que era pasar hambre, sentirse inútil. La fuerza de voluntad que habría necesitado Carvalho para renacer de sus cenizas la fascinaba y seducía a partes iguales.

–Si hubiera algo extraño en él, yo lo sabría.

De repente, no estuvo tan segura. Algo le decía que ese hombre era más de lo que aparentaba ser.

–La gente no suele incluir «criminal» o «violador» en su currículum, Pia.

Eso era cierto.

–Se me escapa algo. Irrumpe en la suite, luego revisa las carpetas que hay sobre mi mesa. Y después... –se humedeció los labios–. ¿Será casualidad que fuera Eros International lo que llamara su atención?

La empresa había sufrido un importante y sospechoso revés en la bolsa. Sin embargo, el desplome de las acciones de Eros era la menor de sus preocupaciones. Unos feos rumores la estaban golpeando donde más daño podían hacerle. En su reputación.

¿Sería ese hombre el que había esparcido todas esas mentiras?

No iba a quedarse sentada mientras el magnate de las inmobiliarias le arruinaba la vida.

–Apagad las pantallas. Voy a entrar.

Quería respuestas y solo había una forma de conseguirlas. Esperaba estar equivocada y que hubiera una explicación, perfectamente lógica, al allanamiento de morada.

–¿Qué?

–Ya me has oído.

Mientras Jovan despedía a sus hombres, Pia contempló impasible la imagen de Nicandro, como si la visión de un guaperas brasileño de más de un metro ochenta, con el labio ensangrentado, fuera algo habitual. Era una de sus habilidades: proyectar una sensación de calma mientras se le revolvía el estómago ante la visión de su *Lobisomem.*

–¿Hacía falta cortarle la circulación de la sangre con esas cuerdas? –preguntó en tono insolente.

«Las mujeres son seres emocionales y pasivos»,

solía decir su padre. Aunque ella no. No desde que él la hubiera convertido en una máquina viviente.

–¿Y a quién le puede importar? –le espetó Jovan.

A Pia. Por alguna extraña razón, le importaba. Durante el último año había observado a Nicandro Carvalho en secreto. Había algo oscuro y llamativo en él. Una melancólica belleza y una piel aceitunada que hacía pensar en algún exótico antepasado.

Pia era alta para ser mujer, pero él lo era mucho más. Los anchos hombros y fuertes bíceps se marcaban claramente, haciéndole sentirse como una muñeca de porcelana. A pesar de estar maniatado, cualquiera reconocería el porte erguido, confiado, casi regio, como los titanes. No era lo que podría esperarse de un crío nacido en las favelas de Río.

Los cabellos, de un profundo tono castaño, le cubrían el rostro. Pia sospechaba que se le rizaban con la humedad en incontrolados mechones que caían hacia los hombros. Los ojos, de color whisky, de penetrante mirada, estaban enmarcados en obscenas y espesas pestañas negras.

Y de nuevo surgió en su mente la palabra «regio», mientras intentaba comprender cómo y por qué había irrumpido en su suite y se encontraba en esos momentos atado a una silla. Nada de aquello tenía sentido.

La voz gutural de Jovan apartó su atención de Carvalho.

–Esto es culpa suya, Pia. Déjame ocuparme a mí, por favor.

–No. Ha venido en busca de algo –ella recordó la breve conversación–. Y sospecho que solo Zeus puede dárselo. ¿Por qué si no mentir sobre una cita con él? Antes de que destroce mi club con rumores, o de que me cueste otros veinticinco millones en la bolsa, quiero saber por qué.

–¿Eso es lo que piensas hacer con él? –gruñó Jovan.

El estrés y las preocupaciones dibujaban un profundo surco en el entrecejo del hombre. Jovan la había tomado en sus brazos, cuando agonizaba tirada en el suelo frente a la puerta de la residencia palaciega de su padre. Tenía dieciséis años y, hasta entonces, no había tenido noticias de la existencia de un padre. Sin él, Pia dudaba haber podido sobrevivir en su gélido mundo.

–No puedo creerme lo que voy a decir, pero no tengo ni idea.

¿El comercio de mercancías? Pan comido. ¿Hacer juegos malabares con inversiones multimillonarias a diario? Coser y cantar. ¿Tratar con la gente? Una tortura atroz.

–Tendré que seguir mi instinto. Preguntarle, averiguar qué quiere y por qué.

–Buena suerte –bufó Jovan–. Es arrogante, engreído y peligrosamente decidido.

–Pues entonces haremos buena pareja. No creo en las coincidencias, Jovan. Mi instinto me dice que es el responsable de los rumores y el caos desatado en Eros y, si es así, quiere decir que busca algo y no se marchará hasta que lo encuentre. Sería una estúpida si no lo vigilara.

–Pues entonces lo vigilaremos las veinticuatro horas de los siete días de la semana.

–O también puedo entrar ahí, negociar con él. Rápido y sin ruido.

–Pia, por favor, es demasiado arriesgado.

–¿Y desde cuándo me da miedo el riesgo? –el miedo jamás volvería a alcanzarla–. Seguro que a mí me cuenta mucho más de lo que te contaría a ti, y me atrevo a adivinar que seguirá en su empeño hasta que conozca al hombre que está detrás de Q Virtus.

–Pues va a tener que esperar mucho tiempo.

–Bastante. Por eso le convenceré para negociar y así descubriré lo que busca. Sabré por qué ha arriesgado su pertenencia al club, su reputación, su negocio y su fortuna al jugar con nosotros. Conmigo. Debe de saber que Zeus es capaz de hundirle.

–Pero te vas a delatar. ¿Qué pasará si descubre que Zeus y tú sois la misma persona? ¿Qué pasará cuando averigüe que tu padre está muerto?

–No lo hará. Es un hombre. Es predecible y no mirará más allá de mis pechos. Para él, las mujeres estamos hechas para ser prostitutas o madres y jamás se le ocurriría otra opción. Además, muy pocas personas sabían que Antonio Merisi tenía una hija, aunque, si hubiera buscado en los lugares adecuados, sabría que existo. Cuando se lo diga, creerá que no soy más que un florero, una niña mimada. Dudo que admita ante nadie que ha sido derribado por una simple mujer.

Ese hombre tenía una mente prodigiosa para los negocios y un elevado coeficiente intelectual, pero también era arrogante y engreído, y muy dominante.

–Estamos hablando de mi vida y del futuro de un club que juré resistiría el paso del tiempo –malditas fuesen las viejas reglas–. Malditos los dinosaurios que ensucian las filas de mi club.

Jamás habrían aceptado el liderazgo de alguien con su pasado. Y no solo eso. El club estaba regido por unas normas arcaicas, machistas, y solo podía dirigirlo un Merisi que fuera varón.

Y, sin embargo, allí estaba ella. Su destino había quedado sellado desde que su padre la había visto, casi inconsciente, en brazos de Jovan. Y se había convertido en el hijo que Antonio Merisi nunca había tenido. Su heredera. La chica a la que había tildado de inútil, contaminada, basura. Era la misma chica que había cuadruplicado la fortuna de su padre en los dos primeros años.

–Si estoy en lo cierto, nos ha declarado la guerra y estoy luchando a ciegas. Si quiero tener alguna posibilidad de sobrevivir, necesito las armas adecuadas. Apaga las pantallas, Jovan –el tono de voz no admitía ninguna protesta–. Voy a entrar.

En ese instante apareció Clarissa Knight, una de las *Petit Q,* visiblemente azorada.

–No me digas más, Clarissa –rugió Pia–, te prometió el mundo, o un puesto fijo en su cama.

Clarissa miró al suelo y Jovan le mostró un sensor electrónico.

Reconocimiento de la huella dactilar. No debía subestimar a su intrépida presa.

En el oscuro abismo entre la inconsciencia y un fuerte martilleo, Nic intentó mover la cabeza. Las sienes protestaron y el estómago se le encogió, suplicándole que no lo intentara de nuevo.

Abrir el ojo lastimado tampoco era fácil, pero su mente heurística, por no mencionar su instinto de conservación, quería saber exactamente hasta dónde llegaban sus problemas.

Tenía problemas, y muchos. Las cuerdas que le cortaban las muñecas eran un claro indicio.

«Mira el lado bueno. Estás dentro. Zeus está aquí. Aún no te han echado de aquí».

Le dolía el cuello por la postura inclinada y, con mucho cuidado, levantó la cabeza.

Su mente registró la oscuridad, las sombras, antes de descubrir un rayo de luz lunar que entraba por la única ventana, iluminando un zapato que golpeaba insistentemente el suelo.

Ese debía de ser el martilleo que sonaba en su cabeza. Pero, curiosamente, lo olvidó todo a medida que su mirada se deslizaba hacia arriba.

Los zapatos negros, de altísimos tacones, se continuaban con unos finos tobillos y torneadas pantorrillas. Unas delicadas medias envolvían las interminables piernas antes de desaparecer bajo una estrechísima falda corta.

–Buenas noches, señor Carvalho.

–Vaya, vaya, vaya –la temperatura de Nic subió varios grados–, pero si es mi pequeña pistolera.

–Volvemos a vernos. ¿Cómo se siente?

–Mucho mejor después de verte, querida –Nic se humedeció los labios con la lengua–. Al menos hasta donde puedo ver con un solo ojo. Me gustaría que te acercaras. Puedes confiar en mí.

–Le dijo el lobo al cordero –replicó Pia–. ¿Fue ese el tono encantador que usó para conseguir acceder a mi suite privada, señor Carvalho?

–Llámame Nicandro, por favor. Dada mi condición de sumiso, creo que deberíamos tutearnos. Ahora mismo podrías hacerme lo que quisieras.

Lo que a él le gustaría era que se sentara a horcajadas sobre él, apretara los pechos contra su rostro y deslizara la lengua por sus labios. La agonía de sentirla sin poder tocarla sería exquisita.

–De acuerdo... Nicandro.

Su nombre sonó delicioso en esos labios, con un ligero acento europeo, italiano o quizás griego. No se le pasó por alto el hecho de que todavía no le había dicho el suyo, pero estaba demasiado ocupado imaginándose unos espesos y oscuros rizos, y unos ojos castaños, a juego con la gutural voz.

–Hablemos de tu conducta. Creo que deberías contarme qué hacías en mis aposentos privados.

–Te lo contaré cuando me digas tu nombre.

Era evidente que no quería hacerlo, pero a ese juego podían jugar los dos. No le hacía falta escuchar el chasquido de la pistola, o las órdenes dadas a sus hombres, para comprender que esa mujer tenía el poder. Lo que aún no sabía era cuánto poder tenía.

–Me llamo Olympia Merisi.

Eso sí que era una sorpresa. Nic apenas consiguió disimular un respingo.

–¿La pequeña esposa? –él frunció el ceño.

–¿Pequeña? Eso sí que no me lo habían llamado nunca. En cuanto a ser una esposa, los ángeles bailarán en el infierno antes de que yo me someta a ningún hombre.

Nic estuvo tentado a convertirlo en su misión, y eso que aún no le había visto el rostro.

–Sería más exacto describirme como hija.

Todo se detuvo, como si alguien hubiera pulsado el botón de «pausa» en el drama de su vida.

Zeus tenía una hija. Bueno, siempre había un roto para un descosido.

Qué oportuno. Y qué diabólicamente delicioso.

La revelación le dio renovados bríos para soltarse las ataduras de las muñecas.

–En ese caso, espero no haber causado demasiados estragos en el equipo de seguridad de tu padre. Esperaba poder disculparme personalmente ante él –de haber sido Pinocho, su nariz le habría arrancado un ojo a la hija de Zeus.

–Muy decente por tu parte –observó ella bordeando el sarcasmo.

–Eso me ha parecido a mí también. Soy un hombre muy decente.

–Eso está por ver. Verás, tengo la anticuada idea de que seducir a una de mis empleadas e irrumpir en mi suite privada no es muy decente que se diga.

–Estás siendo muy quisquillosa, querida –Nic fingió sentirse ofendido–. Solo sentía curiosidad.

Una pequeña caja negra voló por los aires y aterrizó junto a sus pies.

–Esperaría encontrar esta alta tecnología en manos de un agente de la CIA, no de un hombre que solo siente curiosidad por conocer a otro. Dudo que encuentres algo así en la sección de electrónica de una tienda de barrio.

Nicandro se encogió de hombros. Al haber olvidado que estaba inmovilizado, el movimiento le produjo un intenso dolor. Iba a hacerle pagar a esa joven por ello y disfrutaría de cada segundo.

¿Tienda de barrio, había dicho? Ojalá lo hubiera comprado allí, le habría salido mucho más barato.

–Digamos que tengo amigos bien situados.

–¿MI15? ¿La Casa Blanca?

–El Bronx.

Pia soltó una carcajada, provocándole de nuevo a Nic un estremecimiento de placer. «Vamos, Olympia, muéstrame tu rostro. Eres hermosa, lo sé».

–Cualquier persona normal habría pedido una cita. ¿Has oído hablar del teléfono?

–Lo creas o no, prefiero el contacto personal.

–Descuida, te creo –le espetó ella.

–Quizás haya sido algo más que curiosidad –continuó él imperturbable–. ¿Tenacidad?

–¿Temeridad? ¿Imprudencia?

–Digamos que soy intrépido –le parecía que sonaba mejor.

–¿Por qué? ¿Exactamente qué quieres?

–Una audiencia con el misterioso y poderoso hombre. Una hora con tu padre.

–Imposible –anunció ella de inmediato.

Algo en su voz le indicó a Nic que hablaba muy en serio. No parecía perder el tiempo.

–¿No está aquí? –preguntó cauteloso.

–No, me temo que no. El viaje era demasiado largo para él.

Había un extraño tono en sus palabras que él no supo identificar. ¿Peligro? Seguramente.

–Qué pena –¿o no? Con el tiempo, ella lo llevaría ante el mismísimo Zeus. Mientras tanto...

Unos cuantos días, semanas, en compañía de esa joven no le resultaría nada desagradable. Podría encontrar sus puntos débiles, y seducirla. Se imaginó el horror de Zeus al descubrir que Nic había saboreado a su deliciosa hija. La idea era muy buena. Debía considerarla seriamente.

–¿Se trata de un asunto privado o de negocios? –preguntó ella.

–Ambas cosas.

–Pues gustosamente le haré llegar cualquier mensaje que me quieras transmitir.

Pia se inclinó ligeramente hacia él y Nic la observó hechizado, conteniendo el aliento, con el pulso acelerado. Se le ocurrió que intentaba ganarse su confianza saliendo a la luz, mirándolo a los ojos. Y pensó que entraba dentro de lo posible que la estuviera subestimando.

Nic forzó la vista para enfocar mejor y apreció la estrecha cintura, el delicado cuello y una piel blanca que hizo que le ardiera la sangre en las venas.

Ella se sentó con las piernas cruzadas y apoyó los codos en la rodilla.

–Eres... –boquiabierto, Nic sintió que su coeficiente intelectual caía cincuenta puntos–. Rubia.

Con los ojos chispeantes de diversión, Pia ladeó la cabeza.

–Sobresaliente, señor Carvalho. ¿Exactamente qué esperabas?

–Algo griego –fue lo único que pudo murmurar. Patético considerando su reputación.

Por el amor de Dios, esa mujer parecía recién salida de una película de cine negro en la que actuara de *femme fatale*. Dominante e impenitente.

Los cabellos de color champán estaban recogidos en un elegante moño estilo Grace Kelly. Sin embargo, el nombre de esa actriz evocaba inocencia, serenidad, mientras que Olympia Merisi exudaba peligro y pecado. Todo misterio y seducción. El tipo de mujer cuyos encantos atraparían a un hombre en las garras del irresistible deseo.

No había otro modo de describirlo, la belleza de

esa mujer era de otro mundo, casi sobrenatural. La piel, pálida e inmaculada, brillaba como una perla. Los pómulos altos serían la envidia de cualquier modelo. Los ojos, ligeramente rasgados, enormes y de color violeta, estaban enmarcados con kohl negro, y los carnosos labios pintados de rojo intenso.

Podrían haberla bautizado como Afrodita, dado su aspecto de diosa. Era el peligro personificado, y no hacía más que elevar el deseo de Nic hasta la estratosfera.

No era la clase de mujer con la que uno se casaba, la mera idea resultaba absurda. Era la clase de mujer con la que uno se acostaba, en cuyo cuerpo se hallaba el éxtasis una y otra vez, hasta que ninguno de los dos tuviera fuerzas para andar, para respirar.

Respiró hondo y lanzó una silenciosa plegaria para que la erección se relajara. Ojalá hubiera sentido una millonésima parte de esa atracción hacia la *Petit Q* que había rechazado.

–¿Tu madre...? ¿Es noruega o sueca?

De haber pestañeado, Nic se hubiera perdido la fugaz mueca de dolor. No había que ser un genio para comprender que el tema de su madre era delicado.

–Francesa –contestó al fin en un tono tan frío que a Nic se le puso la piel de gallina.

–Europea –él se encogió de hombros–. No andaba muy desencaminado.

El mohín de desagrado de Pia le indicó que debía dejarlo estar. Incluso él sabía que algunas batallas no merecían la pena ser libradas. Y no lo hizo. Más o menos.

–Por favor, querida, acepta mis disculpas por haberte despertado. Aunque quizás deberías agradecérmelo. Tus sueños no parecían nada agradables.

«En toda la línea de flotación. Sí señor». Esa mujer destilaba poder y control, pero bajo todas esas gélidas capas seguía siendo una mujer. Un manojo de emociones capaz de ser vulnerable.

–¿Qué atormenta tus sueños, Olympia? –¿desde cuándo le interesaba tanto una mujer?

–No era más que un dolor de cabeza.

Erguida y elegante como una bailarina, Pia se levantó y le dio la espalda, sin duda para que no viera la emoción reflejada en su rostro. Pero lo que más preocupaba a Nic era la extraña, por no decir terrorífica, idea de que deseaba no haber pronunciado esas palabras. Quería consolarla.

Su mirada la siguió como un misil y estalló ante la visión de las curvas del trasero.

«¡Santo cielo!». Era la mujer más sexy que hubiera visto jamás y no podía esperar el momento de saborearla, de unirse a ese impresionante cuerpo con forma de reloj de arena. De deslizar las manos por su piel. Y lo iba a hacer. No había mujer en el mundo a la que no pudiera conquistar.

Pia se volvió de nuevo y se colocó frente a él. Muy cerca.

Nic apretó los dientes en un intento de relajar la agónica tensión sexual que lo asfixiaba.

Pero resultó que el destino tenía previsto ocuparse de todo, pues, si había una manera de hacer que desapareciera toda lujuria, todo deseo, esa manera surgió.

Olympia se inclinó hacia él para mirarlo a los ojos, para intimidarlo. Nic no estaba seguro ni le importó. Habría hecho cualquier cosa por tomar esos deliciosos labios... de no ser por el diamante negro en forma de lágrima, espectacular y muy raro, bordeado de veinticuatro diamantes blancos. Cincuenta y dos quilates y un valor aproximado de cuarenta y seis millones de dólares. El diamante eligió ese preciso instante para quedar suspendido del bonito cuello.

Nic se revolvió. Un tsunami de ira, odio y dolor amenazó con arrastrarlo a las profundidades del infierno. Sentía el pecho oprimido y la adrenalina correr por sus venas hasta que fue capaz de retorcer las muñecas y estuvo a punto de soltar las cuerdas. «Unos segundos más y ya estará».

Quiso arrancarle la cadena de platino del cuello, arrancar esa joya de la cálida caverna de su piel. Tal y como el matón de Zeus la había arrancado del cuerpo sin vida de su madre.

O Coracao da Tempestade. El Corazón de la Tormenta. Los diamantes Santos.

Era incapaz de apartar los ojos de esa joya que le provocaba tantos recuerdos, tanto dolor.

Nic siempre había dado por hecho que Goldsmith se había quedado con todos los diamantes, junto con el resto de la empresa. La idea de que habían sido repartidos le partía el corazón. Supuso que, cuando Zeus había vendido Diamantes Santos, se había quedado con los diamantes para regalárselos a su mimada hija, como una especie de obsceno trofeo.

¿Sabía esa mujer cómo los había conseguido su padre?

¿Sabía que estaban manchados de sangre?

Si lo sabía, convertiría su vida en un infierno.

El dolor que sentía en el corazón amenazaba con arrebatarle la vida y tuvo que hacer un titánico esfuerzo por conservar la calma, para no perder la compostura.

Olympia se irguió. Los espectaculares ojos de color violeta le indicaron que sabía que tenía al *Lobisomem* ante ella.

La cuerda de las muñecas finalmente cedió y Nic la sujetó mientras imprimía en su rostro una expresión de impasividad para que ella no se diera cuenta. El momento lo era todo, y no había esperado tantos años para dejarse llevar por la ira y fracasar al primer golpe.

–Mis disculpas, querida, estaba distraído. Aunque aprecio tu ofrecimiento de transmitirle mi mensaje a tu padre, me mantengo firme. Digamos que el tema es bastante delicado.

Olympia retrocedió un paso y Nic hundió la uñas en la palma de la mano para contener el impulso de agarrarla por la cintura y castigar esa tentadora boca, vengándose sobre el glorioso cuerpo.

–No te conozco lo bastante como para hablarlo contigo –continuó–. Estoy seguro de que lo entenderás.

Punto muerto. Él lo sabía. Ella lo sabía.

Por la expresión del rostro de Olympia, era evidente que no estaba acostumbrada a una negativa.

–Pues entonces ya no puedo ayudarle más, señor Carvalho. En cuanto a lo de esta noche, estoy segura de que entenderá que se ha producido una brecha en la confianza, y dado que se niega a dar una explicación, su condición de miembro del club será revisada. Yo puedo...

–Sin embargo –continuó él como si ella no hubiera hablado, consciente de que irritaría a Olympia–, si tuviera la oportunidad de conocerte, podría cambiar de idea. Pasa unos cuantos días conmigo, querida. Me encantaría arreglar las cosas entre nosotros. Demostrarte que no soy tan malo.

–Debe de creer que soy estúpida, señor Carvalho –ella se cruzó de brazos sobre el generoso pecho y enarcó una ceja–. El modo de llegar a mi padre no es a través de mi cama.

«Hermosa y muy lista».

–Puede que no, pero te va a gustar. Admítelo, te tienta.

–Tanto como me tienta lanzarme sin paracaídas desde una altura de diez mil metros.

Nic no pudo evitar sonreír. A pesar del desafortunado parentesco y de la joya que descansaba sobre su escote, esa chica le gustaba. Lástima que portara ese presagio de tragedia alrededor del delicado cuello. Una vez más se preguntó si estaría al corriente de sus orígenes porque, sin duda, ninguna mujer en sus cabales querría llevarlo de conocer el mal augurio que encerraba. La ira de sus antepasados. Hasta ese momento, él no había creído en esas cosas. Pero si una cosa estaba clara era que había sido conducido hasta esa joya, hasta esa mujer, para clamar venganza.

Iba a recuperar los diamantes... después de hacer suya a Olympia. Después de haberle arrancado el colgante del cuello en una lenta y erótica seducción que jamás olvidaría.

Nicandro ignoró su moral católica, que le sugería que no estaba siendo justo del todo al implicarla. Había bastantes probabilidades de que fuera de la misma calaña que su padre.

–Podría hacerte mía en un abrir y cerrar de ojos –declaró él.

Había exagerado. Esa mujer le iba a dar mucho trabajo. Era combativa y muy segura de sí misma, lo cual convertiría el instante de su rendición en una experiencia memorable.

–Jamás me tendrás, Nicandro.

La pequeña arpía ya estaba a medio camino de la puerta.

Nic saltó de la silla y alcanzó la puerta antes que ella. Apoyando la palma de la mano, la cerró de un portazo. Si se sorprendió al descubrir que se había desatado, no se le notó. Pia se quedó muy quieta, como una estatua de hielo, y lo miró como quien mira a una cucaracha.

–¿Apostamos? –propuso él con voz suave y embriagadora.

–¿No te han dicho nunca que eres increíblemente arrogante?

–Muchas veces. No soy reacio a los cumplidos, Olympia. Y me parece que tú tampoco.

De cerca esa mujer era mucho más hermosa y Nic se descubrió incapaz de apartar la vista.

–No insistas, Romeo. Puede que seas famoso por tus ilimitados deseos, pero me temo que conmigo has alcanzado tu límite.

–Estás asustada, puede que incluso aterrada. ¿Tienes miedo de que yo tenga razón? ¿Miedo de disfrutar cada minuto? –la estaba provocando.

–No temo a nadie. Mucho menos a ti.

La altiva réplica arrancó otra sonrisa de Nic. Esa mujer estaba tensa como la piel de un tambor.

–Pasa dos semanas conmigo. Si consigues esquivar mi cama, desistiré en mi empeño de reunirme con tu padre y renunciaré a mi condición de socio de Q Virtus. Te doy mi palabra.

–¿Y todo ello irá acompañado de una explicación?

–los grandes ojos de color violeta lo escudriñaron–. Porque sé que en todo esto hay algo más y quiero averiguar qué es.

Nic tuvo la impresión de que la joven trabajaba para su padre. A lo mejor incluso había juntado las piezas y llegado a la conclusión de que era él el responsable de la discordia en el club. Aunque no tenía modo de demostrarlo.

–Por supuesto que te contaré todo lo que quieras saber. Sin embargo, si pierdes y yo te hago mía, teniéndote a mi merced, organizarás una reunión con Zeus y me llevarás ante él.

Dos días y sucumbiría. Todo lo más tres.

Durante interminables segundos, ella se limitó a mirarlo. Nic hubiera dado la mitad de Manhattan por conocer sus pensamientos. Era como un libro cerrado.

Al fin Pia suspiró, como si no tuviera alternativa. Como si se sintiera acorralada.

¿Qué había dicho? Un juego de niños.

–De acuerdo. Este es el trato. Zeus estará en París dentro de ocho días. Si ganas, te garantizo que te reunirás con él. Tienes mi palabra.

Una sonrisa, pequeña, aunque cargada de confianza, curvó los sensuales labios de la joven. Nic deseó que sonriera así más a menudo, pues hacía que se le desbocara el corazón.

Estaba tan segura de no sucumbir, de ganar, que casi le daba lástima.

–Pero, cuando pierdas, te tendré arrodillado a mis pies, Nicandro.

–Si pierdo, Olympia, me arrodillaré gustoso.

Sus miradas se fundieron y pequeñas flechas de electricidad volaron del uno al otro.

–Trato hecho... Nic.

«Bienvenida a tres días de tortura».

El mero hecho de oírle pronunciar su nombre ya le había puesto duro.

–Espléndido. Los tratos deberían sellarse, ¿no crees?

Antes de que ella tuviera siquiera tiempo de pestañear, Nic acercó los labios a su boca.

Con mucha delicadeza, rozó los labios de Pia y la besó. Su piel se cargó de electricidad y la sangre rugió por sus venas en un grito de satisfacción. Se acercó más a ella y sintió los pechos apretados contra su torso. Deslizó una mano por la fina cintura mientras la lengua exploraba la comisura de los deliciosos labios, exigiendo entrar, pidiendo más.

Mareado como si estuviera bajo los efectos de un hechizo, dejó la mente en blanco y hundió los dedos en la suave piel, deseando encontrarse en el interior del cálido edén. Olympia tenía un sabor dulce, a licor de café, y si ella le permitiera...

Un segundo después, Nic frunció el ceño y se apartó.

Pasiva, fría, Pia no había movido un músculo. Tanto su piel como sus labios estaban desprovistos de todo calor. Incluso la mirada violeta era fría y vacía.

–Olympia, querida –observó él espantado–, estás helada.

Ella sonrió tímidamente. Una sonrisa que no era fría, sino triste.

–Es que estoy congelada, querido. Por dentro y por fuera. ¡Ah, Nicandro!, no tienes ni idea de con quién estás jugando, ¿verdad?

Pia abrió la puerta. Nic dio un paso atrás y aplastó el pequeño sensor que ella le había arrojado.

–Un momento, reina de hielo –él volvió súbitamente a la realidad–. La *Petit Q* es inocente. Prométeme que la chica será...

–Despedida de inmediato. Buenas noches, Nicandro –y sin más, desapareció.

«No tienes ni idea de con quién estás jugando, ¿verdad?».

No le faltaba razón.

Capítulo 3

PIA cerró las puertas de su suite y se acarició la comisura de los labios.

De repente, pasar unos días con Nicandro le pareció una mala idea. Pero ¿qué alternativa tenía?

–¿Pia?

Pia saltó, sonrojándose violentamente al sentirse sorprendida por el hombre que se comportaba como si fuera su hermano mayor.

–¿De dónde has salido? Te creía escoltando a nuestro infame intruso a su suite.

–Misión cumplida –Jovan la miró con desconfianza, sentado tenso y erguido sobre el sofá cama.

El rostro del hombre reflejaba preocupación, y Pia sabía que aunque quería preguntarle si estaba bien, no lo haría. Se suponía que no era más que una máquina. Pero las máquinas no temblaban ante el contacto con un hombre, ni miraban a los ojos con algo muy parecido al deseo.

Durante un instante, ella habría hecho lo que fuera por devolverle el beso. Lo que fuera por sentir el calor de ese hombre derretir el hielo de su interior. Pero Nicandro había elegido el único camino hacia su cama que le garantizaba a él el fracaso, y a ella el máximo dolor.

La estaba utilizando para llegar a Zeus, a Q Virtus,

ignorante de que había estado en compañía de Zeus durante la mayor parte de la noche. Si no resultara tan humillante, se reiría.

Ser utilizada años atrás había arrojado su autoestima a los lobos, con la ayuda de la ira de su padre tras la aventura.

«Las mujeres sois débiles y estúpidas, con el corazón vulnerable. ¿Crees que buscaba tu cuerpo, tu mente?», había rugido como si fuera imposible que pudieran desearla por ella misma.

«La verdadera lujuria es el amor por el dinero y el poder. Ríndete a un hombre y te despojará de gloria y fortuna, quedando solo como una fulana en su cama. No te fíes de ningún hombre».

El que reaccionara a las expertas maniobras de un donjuán era una cruel broma del destino.

Y durante los siguientes días iba a tener que arrastrarlo por Europa mientras cumplía con su agenda, intentando bucear en su intrincada mente mientras él intentaba meterse en su cama.

Iba a tener que mantener la cabeza fría y no apartar los ojos de él. Ese hombre no podría provocar una tormenta si ella lo vigilaba y, al mismo tiempo, ella podría descubrir a qué jugaba.

Lo que le angustiaba era la posibilidad de que le arrebataran todo aquello por lo que tanto había luchado. «Y no es solo eso lo que te tiene tan alterada», le susurró su vocecita interior.

–Pareces cansada, Pia –observó Jovan.

Y lo estaba. Pero las máquinas no se cansaban. Alzó la barbilla y se dirigió a su escritorio.

–Estoy bien. Te preocupas demasiado por mí.

A ese hombre le importaba y siempre estaría agradecida por ese pequeño regalo en su vida. Habría sido mucho más fácil si hubiera habido química entre ellos, pero no la había.

–Llama a Laurent a París y dile que le he encontrado un nuevo conserje. Luego pídele a Clarissa Knight que se presente en mi oficina. Lleva meses queriendo trasladarse cerca de su madre. Pero asegúrate de que el señor Soy-la-encarnación-del-sexo-y-lo-sé, no la vea marchar.

Incluso Pia, que estaba vacunada contra los Nicandros del mundo, había sentido su encanto. Clarissa no había tenido la menor oportunidad. ¿Se había acostado con ella? ¿La había devorado una y otra vez? ¿Y por qué esa idea le hacía sentirse tan asqueada?

–Te estás ablandando con la edad, Pia –sentenció Jovan.

–No soy tan presumida como para no reconocer mis fallos. Esa chica es demasiado ingenua para rodearse de los jugadores de Q Virtus, pero necesitaba el dinero para enviarlo a su casa, y cedí.

–Claro, esa chica te necesitaba. Sé que odias admitirlo, pero te gusta sentirte necesitada.

–No es verdad –¿o sí?

–De acuerdo, no es verdad. ¿Tendré entonces el placer de escoltar a ese tipo al aeropuerto?

–No –Pia no tenía ganas ni fuerzas para exponerle la situación–. Te lo explicaré más tarde.

Jovan se volvió y se dirigió hacia la puerta, el gesto despertó en ella el recuerdo del cambio de personalidad de Nicandro. En un momento dado, era el consumado seductor y, al siguiente, un depredador. El *Lobisomem*.

Durante unos instantes en esa habitación había visto

una violenta ira en sus ojos. Un cambio fugaz, pero tan intenso que, por primera vez en años, se había sentido al borde del pánico.

Al principio, se le había pasado por la cabeza que era por el colgante de diamantes que llevaba, el único regalo que había recibido jamás de su padre. Lo había mirado con horror. Cierto que los diamantes negros eran muy raros, el suyo era único, pero, por la reacción de ese hombre, se podría haber pensado que se trataba del ojo del mal, de alguna clase de magia negra.

–Jovan, antes de irte recuérdame el nombre de ese detective privado que contratamos a veces.

–Hay varios –Jovan se detuvo–. Está Mason, o McKay, que no hace ascos a la corrupción moral.

Otro delincuente. Genial. Ya era malo que estuviera oyendo rumores sobre la relación de Q Virtus con la mafia griega. ¿Iba a tener que agradecerle también a Carvalho esa información?

–Ese es, McKay. Pídele que investigue la historia de Diamantes Santos. Supongo que no te acordarás de cómo y cuándo se hizo mi padre con el control de la empresa, ¿verdad?

Jovan hizo una pausa y le dedicó una mirada indescifrable. Jovan nunca hacía una pausa.

–¿Jovan? ¿Me has oído? –Pia nunca lo había visto así.

–Sí... lo siento –el guardaespaldas sacudió la cabeza–. Estaba distraído. No tengo ni idea.

También era la primera vez que le oía mentirle.

–No será nada, pero quiero la información de todos modos.

–Desde luego –murmuró él en un tono dubitativo que indicaba que se avecinaban problemas.

En cuanto la puerta se hubo cerrado, Pia se dejó caer en la silla.

No recordaba la última vez que se había sentido así, insignificante, una niña olvidada en un sótano que se estremecía con el fuerte golpeteo metálico que provenía de la planta superior, con el olor acre de la desesperación. Una niña con un pasado mancillado y ningún futuro a la vista.

Como si un puño invisible hubiera golpeado el escritorio, Pia se irguió de golpe y encendió el ordenador portátil empujando a esa niña, una niña que ya no existía, fuera de su cabeza.

Nic se despertó de muy mal humor por culpa del deseo insatisfecho que había experimentado toda la noche y encontró una nota que le habían deslizado por debajo de la puerta.

Me marcho a las doce del mediodía rumbo al norte de Europa por asuntos de negocios. Si todavía quieres acompañarme, procura estar listo a las once.

Olympia Merisi

¿Acompañarla?

–Me parece que no, querida –¿acaso tenía aspecto de perrito faldero?

Iba a poner a esa mujer en su sitio. Ella era quien le iba a acompañar a él.

Después de ducharse, se dirigió a la suite privada de Pia.

Uno de los matones de la noche anterior lo dejó pasar a regañadientes. El humor de Nic mejoró notablemente al comprobar que ese tipo, con un ojo morado, estaba peor que él.

–Llegas pronto –lo saludó Olympia al verlo entrar como un huracán.

–¿Cuándo llegaste a Zanzíbar? –preguntó Nic.

–El viernes, igual que tú.

–Aquí hay mucho equipaje para tres días, querida. ¿Te has traído el fregadero de tu casa? –o bien su padre la pagaba muy bien o era la única heredera, otro dato que tendría que sonsacarle.

–Esta vez me lo he dejado. Esa es de Jovan –explicó ella señalando la más pequeña de las seis maletas.

–¿Y Jovan es...? –durante un terrible instante, temió estar sufriendo un ataque de celos.

–Mi guardaespaldas.

«¡Sí, claro!».

–Y un amigo.

Su madre había tenido un montón de esos «amigos».

–De eso nada –al fin lo comprendió–. Él no viene con nosotros. No forma parte del trato.

–Lo siento –susurró ella con inocencia–. Zeus insiste. No querrás ponerle en tu contra, ¿no?

–De acuerdo –el mal humor de Nic creció–. Pero no me satisface. No le gusto –«y tú le gustas demasiado».

–Muy observador, Nicandro –Olympia se acercó a él hasta que pudo oler su dulce aliento–. Seguro que prefiere darte una paliza antes que mirarte a la cara. Te aconsejo que te comportes.

–Creo que lo he entendido. Es la versión moderna del cinturón de castidad.

Esa mujer debía de estar preocupada, aterrorizada, ante la perspectiva de estar a solas con él.

Olympia Merisi solo necesitaba el calor adecuado, administrado a fuego lento, para derretir su resistencia. Por el momento le seguiría el juego. Llegado el momento, la tendría comiendo de su mano y entonces tomaría el control.

–¿Querías algo? Has venido demasiado pronto.

–No, solo quería verte –lo cual era cierto–. Desayunemos. Me muero de hambre.

–¿Pia? –preguntó el tipo llamado Jovan de un modo excesivamente familiar.

–Pia... –repitió Nic con la mirada fija en esos enormes ojos–. Qué bonito nombre.

–Tú puedes llamarme Olympia –sugirió ella, aunque tembló casi imperceptiblemente.

–Creo que no. Si él puede llamarte Pia, yo también. A no ser, claro está, que Olympia esté reservado especialmente para mí. Para los pocos afortunados en compartir fluidos corporales contigo –Nic se lamió los labios para subrayar la frase, para recordarle que ya la había besado.

Olympia dio un leve respingo y sus mejillas se tiñeron de un rosado rubor.

«Me deseas. Claro que sí».

¿Acababa de estampar su marca sobre ella? No. Solo reclamaba lo suyo para los siguientes ocho días. Después, ya no le importaría Olympia porque tendría lo que buscaba. Zeus.

–Voy a tener que rechazar tu invitación a desayunar, Nicandro –Pia lo miraba furiosa–. Ese recordatorio tan poco sutil ha acabado con mi apetito.

El juego estaba resultando de lo más excitante. Esa mujer tenía que relajarse.

Y en ese momento lo decidió. Iba a liberar toda esa contención y control. Todo ese fuego.

Deslizó un dedo por la suave mejilla y la sintió vibrar.

–Lo que pasa es que te acabo de abrir otra clase de apetito, nada más. Te veo luego, adiós.

Y en una satisfactoria yuxtaposición de lo sucedido la noche anterior, abandonó la suite, dejándola allí, seguramente salivando.

Capítulo 4

SENTADA en el asiento trasero de cuero del lujoso coche, Pia seguía furiosa.

«¿Compartir fluidos corporales?».

¿Había pretendido ridiculizarla? ¿Humillarla?

Ese hombre no tenía ni idea de cuánto tenía que luchar para ser tomada en serio por ser mujer. Para él no era más que una elegante Jezabel jugando a ser secretaria para sacarle dinero a su padre.

No se atrevió ni a imaginar lo que habría dicho su padre de ser testigo del gesto de Nicandro al acariciarle la mejilla, y se le encogió el estómago ante la mera idea.

«Eres mujer, tienes que trabajar el doble para ganarte el respeto. Prostituirte no te hará ningún favor, Olympia».

De modo que ante el riesgo de empeorar la situación, o desvelar su verdadera identidad y un montón de secretos, a duras penas había mantenido la compostura delante de sus empleados.

Al aceptar la propuesta de Nic, no había pensado en los problemas, ni cómo lo verían los demás. Ni había pensado en cómo se sentiría al saber que a él solo le valía para su cama. Y le dolía.

Lo que quería era que Nic la tomara en serio, que

supiera que había triunfado por méritos propios. Quizás entonces no la trataría como a una fulana de tres al cuarto.

Ese hombre inevitablemente iba a descubrir algunos de sus negocios durante los siguientes días.

Bueno, representaría el papel de la bonita heredera que ayuda a papá a sacar adelante el negocio.

O, mejor aún, no le dirigiría la palabra. Eso, suponiendo que apareciera. La puntualidad de ese hombre era tan pésima como su integridad.

Pia encendió el ordenador portátil para echar un vistazo al mercado de valores. Tenía las acciones programadas en el cerebro y el cuerpo en piloto automático. Como la máquina que era.

Hasta que por el rabillo del ojo lo vio salir del hotel como si tuvieran todo el tiempo del mundo. El insolente caminar le puso furiosa y, como si hubiera detectado un fallo en su sistema, Pia golpeó con fuerza las teclas, pero por mucho que intentara reiniciarse, a pesar de todos sus sistemas de protección, tenía la sensación de estar infectada por un virus. El virus Carvalho.

En esos momentos miraba por la ventanilla cómo ese odioso ser, bañado por el sol africano, se acercaba al coche. Vestía pantalón y camisa. La chaqueta colgaba de un dedo sobre el hombro.

Era la viva imagen del contraste. Un aspecto regio y a la vez de chico malo con los cabellos revueltos y zapatos de diseño. El resultado de la mezcla era de príncipe de las tinieblas.

Olympia podía contar a sus amantes con los dedos de una mano, pero instintivamente supo que el sexo con Nicandro sería carnal y totalmente hedonista, nada que ver con sus preferencias. Y eso le provocaría una contradicción y la aniquilaría.

La puerta se abrió de golpe y Nic se deslizó en el asiento del coche. Olía a recién duchado, y la colonia hizo algo muy raro en las hormonas de Pia. Si no se calmaba terminaría por explotar.

Siempre había aspirado a lograr el equilibrio. Su carácter había sido verbalmente destruido años atrás cuando a su padre se le había agotado la paciencia y Pia había tenido que reconocer que su lengua afilada obedecía únicamente al miedo de que no se quedara con ella. Pero ni siquiera entonces se había sentido como en esos momentos. Estaba tan furiosa que las mejillas se le habían teñido de rojo intenso. Incluso la ropa le parecía demasiado ajustada, comprimiéndola.

«Respira, por el amor de Dios».

–*Boa tarde, Pia.* ¿Adónde nos dirigimos en este bonito día?

La manera en que pronunció su nombre, la seductora voz empleada para formular la inocente pregunta, bastó para que perdiera todo el control.

–¿Cómo... cómo te atreves? –le espetó ella.

Nic no contestó. Se limitó a contemplar el interior del coche como si buscara la causa de su ira.

–¿Me he perdido algo?

–Tu integridad, tu decencia y tu cerebro. Y eso solo para empezar.

–Creo que esta conversación iría mucho mejor si me contaras cuál es el problema, querida.

–El problema, Nicandro, es que me has humillado delante de mis empleados. ¿Cómo te atreves a sacar a relucir el beso de anoche, un beso que yo no quise ni correspondí, delante de las personas cuyo respeto me he esforzado por ganarme? Sabes muy bien lo que sugiere «compartir fluidos corporales». Me hiciste quedar como una fulana sin autoestima.

Nic enarcó las cejas antes de que sus labios dibujaran una traviesa sonrisa.

–Supongo que no lo dirás en serio –los ojos de color whisky chispearon.

¿Pensaba que estaba de broma? Tras unos segundos dirigiéndole miradas cargadas de odio, él al fin pareció comprender.

–Lo has dicho en serio. ¿Una fulana?

–Sí, una fulana –eso era lo que habría dicho su padre–. ¿Por qué me hiciste eso?

Nic apartó la mirada, visiblemente azorado.

–¿Tanto machaqué tu ego que me la tenías que devolver? –insistió ella.

–No. Desde luego que no –contestó él furioso–. No pensaba que te fuera a afectar tanto. Yo...

–¿Qué?

Nicandro no contestó, pero su vergüenza era evidente, y esos pómulos teñidos de rojo provocaron un ligero cosquilleo en el estómago de Pia. Fuera lo que fuera, a Nic le preocupaba.

Ella se removió en el asiento. A fin de cuentas, ese hombre no sabía realmente quién era ella.

Su mal humor podía delatarla.

–Prométeme que no volverás a hacerme algo así, ¿de acuerdo? Este trato es un asunto privado entre tú y yo. He trabajado muy duro para ganarme el respeto de los demás y para mí es importante.

–O sea, que trabajas para tu padre –«aguda» era la única manera de calificar la expresión de Nic.

«¡No, maldita sea, no lo hago!».

–Pues sí, Nic, las mujeres somos capaces de hacer cosas como esas. ¿Eres antifeminista? ¿O solo machista? Visto bien, vivo bien, y por tanto das por hecho que lo paga mi padre.

–Creo que he encontrado uno de tus puntos débiles –al menos, Nic parecía arrepentido.

–Qué astuto eres.

–Pero no el que estaba buscando.

–¡Ya estás otra vez! –Pia alzó los brazos en el aire–. ¿No puedes mirarme sin pensar en el sexo?

–Voy a tener que hacerlo. Pero dame un respiro. ¿Tú te has visto? –Nic la señaló con una mano–. Para serte sincero, cuando te vi tuve la sensación de que irradiabas poder. ¿Lo ves? Tienes que dejar de pensar lo peor de mí.

–¡Como si eso fuera posible! –ella soltó una carcajada.

–¡Así no hay manera de ganar! –Nic soltó una sarta de improperios.

–Cuanto antes te des cuenta, mejor –bufó Pia.

¿Quién hubiera dicho que una podía sentirse tan bien tras discutir sin guardárselo todo dentro?

–Supongo que he conocido a más de una princesita mimada, pero tienes razón, y lo siento. Te he prejuzgado, sin pensar en las nefastas consecuencias para mí. ¿Me perdonas?

Parecía un chiquillo y para Pia fue evidente que había sido amado incondicionalmente a pesar de la falta de dinero de su familia. Su malhumor se disolvió en un pozo de envidia.

–Perdonado.

–Bien –él sonrió mientras contemplaba la playa tropical que se veía desde su ventanilla.

De repente parecía estar muy lejos de allí. Y, cuando alargó una mano y le rozó la rodilla a Pia, ella se preguntó si se daba cuenta de lo que estaba haciendo. Un estremecimiento le recorrió todo el cuerpo.

–Por favor, retira la mano. ¿Siempre te tomas tantas libertades?

Tal y como se había imaginado, Nic la miró aturdido mientras apartaba la mano de su rodilla. Que Dios la ayudara, porque deseaba sentir esa mano de nuevo sobre ella.

–Los brasileños somos muy afectuosos, querida –él se encogió de hombros–. Nos mostramos efusivos con todo lo que es *lindo* o *maravilhoso*. ¿Los griegos no estáis acostumbrados a las demostraciones de afecto? Aunque quizás te criaste en Francia con tu madre.

Pia se mantuvo en silencio. La sola idea de pensar en su madre le hizo sentir un gran horror.

Segundos más tarde, estaba tecleando furiosa en el ordenador portátil.

–¿Qué te fascina tanto como para preferirlo antes que hablar conmigo?

–¡Madre mía! –ella sacudió la cabeza–. Sí que tienes una gran opinión de ti mismo.

Nicandro volvió a encogerse de hombros. No le había dicho nada que él no supiera ya.

–Estoy trabajando. ¿Tú no tienes trabajo? ¿No tienes un imperio inmobiliario que dirigir?

–Ahora mismo no. Soy una de esas personas incapaces de leer en un coche. Me mareo.

Pia dejó de teclear ante las primeras palabras sinceras que había oído de boca de ese hombre.

–Hay pastillas para esas cosas. Yo las tomo.

Nic asintió con gesto distraído y Pia levantó la vista.

Ese hombre era terriblemente atractivo. El bello rostro estaba conformado por distintos ángulos, desde los prominentes pómulos hasta la fuerte mandíbula. Incluso la boca parecía esculpida y el arco de Cupido, fuertemente marcado.

–¿Es Merpia Inc.? –preguntó inclinando la cabeza hacia la pantalla del ordenador.

–Tienes la fea costumbre de fisgonear, Nicandro –Pia salió de su ensoñación.

–Te aseguro que ahora mismo no fisgoneo –él enarcó una ceja–. Estoy sinceramente interesado. Vuelves obsesivamente a... lo que estés haciendo, y me pregunto por qué.

–¡Por Dios, qué insufrible eres!

No quería hablar de ello, pero no tenía nada que ver con el secretismo que la rodeaba. Era por culpa de la inquietud que sentía, como si estuviera viviendo al filo de la navaja. A veces se despertaba bañada en un sudor frío, pensando que su padre se había equivocado y que fracasaría en su intento de controlarlo todo. Temía que un día quedaría expuesta como la iletrada inútil que era, no el prodigio de las matemáticas y el genio empresarial que su padre había descubierto apenas ocho meses después de que aterrizara ante su puerta.

«Consagro mi vida a mil trabajos que nunca quise realmente, que no habría elegido de ser libre».

Sus pensamientos la asustaron y avergonzaron. Siempre que pensaba así, se sentía odiosamente egoísta. Le habían concedido una segunda oportunidad, algo por lo que muchos matarían.

Nicandro la observaba con una intensa calma que le ponía nerviosa. Ya había visto la carpeta de Merpia sobre su escritorio, y no era descabellado pensar que durante los días que pasarían juntos iba a descubrir alguna cosa sobre los negocios Merisi. Debería establecer algunas cláusulas.

Soltó un suspiro y giró el portátil para que él pudiera ver bien la pantalla.

–Merpia. Pia. *Dios, com certeza!* Por supuesto. La llamó así por ti. ¿La diriges para él?

–Podría decirse así –masculló ella entre dientes. Merpia era su bebé. Su orgullo y su alegría. Su primer logro personal, creado a los veintiséis años.

Los hermosos ojos se abrieron desmesuradamente y un silbido escapó de labios de Nic. Y aunque no iba dirigido directamente a ella, Pia sintió que el placer le inundaba las venas. Hacía cuatro años del fallecimiento de Antonio Merisi y todavía no había superado su necesidad de aprobación. Pero el hecho de recibirla del hombre lobo resultaba, cuando menos, inquietante.

–Según los rumores...

–No deberías creer, ni participar, en rumores, Nicandro –Pia saltó al instante–. Son peligrosos.

–Detrás de cada rumor siempre hay un elemento de verdad, querida. Estoy seguro de ello.

¿Qué había dicho? ¿Que en cada uno de los rumores que había esparcido había algo de verdad?

¿Insinuaba que Merisi era la mafia griega y Zeus un ladrón en el que no se podía confiar?

–Te pondré un ejemplo –continuó él–. Merpia. Según los rumores, el hombre que hay detrás es un genio, con la ética laboral de una máquina.

–¿En serio? –preguntó ella–. Yo diría que es más bien el resultado del trabajo duro, un toque de buena suerte y mucho instinto. Mi instinto casi nunca me defrauda, Nic. ¿Puedo llamarte Nic?

–Por supuesto, querida –la voz de Nic se tornó melosa mientras le retiraba un mechón de cabellos de la frente. Un gesto tan tierno que a ella casi le dolió.

«Cuidado, Pia, está jugando contigo».

–¿Y qué te dice el instinto de mí, Pia?

–Que eres un hombre muy peligroso y que haré bien en cerrar con llave la puerta de mi dormitorio.

Nic se acercó a ella y Pia retrocedió hasta encontrarse pegada contra el respaldo, aprisionada por él.

–Un día te la dejarás abierta, para mí. Un día me suplicarás que te bese, te derretirás por mí.

Considerando el calor que emanaba de él, a Pia no le sorprendería. «Por favor, no vuelvas a besarme. Esta vez no tengo adónde huir y no estoy segura de poder resistirme».

Nic hundió una mano en los cabellos de Pia y le provocó un estremecimiento con la caricia.

–Me vas a despeinar, Nic –ella se revolvió, pero no se le ocurrió nada mejor que decir.

Él continuó acercándose hasta frotar la nariz contra el delicado cuello.

–Un día –susurró mientras la besaba suavemente detrás de la oreja–. Muy pronto.

Y sin más, se apartó, llevándose su calor y el delicioso aroma.

–¿Adónde vamos? Mencionaste el norte de Europa. ¿Inglaterra?

–¿Vamos? –el cambio de tema la pilló por sorpresa.

–*Sim,* querida –Nic sonrió travieso–. ¿Adónde nos dirigimos en este bonito y soleado día?

Ese tipo era realmente bueno, nada que ver con Ethan, su ejemplo de hombre hasta entonces.

Durante un instante, deseó que todo aquello fuera verdad, que Nic quisiera estar con ella, por ella misma, por conocerla. «Pobre y estúpida Pia».

No debía olvidar que estaba protegiendo no solo a Q Virtus, sino toda su vida también.

–No, a Inglaterra no –contestó al fin–. Finnmark. Noruega.

–¿Qué? –él la miró horrorizado–. ¿Por qué querría alguien ir tan al norte en invierno?

Pia no le contestó que era el lugar más hermoso de la Tierra, con el aire más puro. Ni le explicó que esperaba que sirviera para enfriar el calor que crecía en su interior, entre ellos.

–Ya verás.

Capítulo 5

BIENVENIDO al Castillo de Hielo.

Nic abrió los ojos adormilado ante las primeras palabras que pronunciaba Pia desde que abandonaran Zanzíbar y vio una monumental estructura arquitectónica que brillaba bajo una luz azulada. Un hotel de hielo. La sola visión ya le provocó un escalofrío.

–¿Por qué querría alguien en su sano juicio ir de vacaciones a Noruega? –balbuceó incrédulo.

Lo único que veía era hielo, nieve, hielo y más hielo, hasta donde le alcanzaba la vista. Por otro lado, había unas cálidas cabañas en las que, sin duda, se oiría el chisporroteo del fuego.

–¿Y por qué no venir aquí de vacaciones?

–Por ejemplo, porque hace quince grados bajo cero.

¡Cómo odiaba el frío! Le recordaba a la muerte. A esos interminables minutos durante los que vio cómo se les escapaba la vida a sus padres. Esperando, rezando para que el dolor terminara.

–Esto es Finnmark, no la Antártida. Hace menos frío, sobre todo dentro.

Pia pronunció las últimas palabras mientras se ponía un grueso gorro de lana y unos guantes, abría la puerta del todoterreno y saltaba al exterior. Nic la siguió entumecido por el frío. El aliento que salió de su boca se transformó en una nube blanca.

–¿Menos frío, dices? A lo mejor, para los osos polares.

–Me parece que los osos polares prefieren el Ártico.

–Estaba siendo irónico –se defendió él.

–Sí, claro, otra de tus admirables cualidades.

–No deberías gustarme tanto –él sonrió–. Estoy buscándome problemas.

Y era cierto. La indiferencia mostrada por Pia desde que abandonaran África le había permitido pensar y recordarse a sí mismo qué estaba haciendo con la hija de Zeus y por qué. Cuando se la llevara a la cama, debía permanecer distante. Nada de zambullirse en esos grandes ojos.

–Por lo que se ve, se te da excepcionalmente bien buscarte problemas.

–Se me dan bien muchas cosas –murmuró Nic–. Sobre todo el calor, mi reina de hielo. Y, a propósito, ¿este es tu hábitat natural? ¿Saltará un león del armario de mi cuarto esta noche?

–Solo si te emborrachas –ella lo apartó de su lado–. Hay un bar que solo sirve vodka, el lugar ideal para ti.

–¿Acaso me vigilas cuando estoy en Q Virtus, Pia? –esa mujer sabía más de él que él de ella.

Pia se sonrojó ligeramente y desvió la mirada hacia el bosque de pinos y abetos siberianos. La luz plateada del crepúsculo resaltaba la perfección de su piel.

–De vez en cuando tengo que observar a todo el mundo. No te lo tomes como algo personal.

–¿Has dicho «tengo»? –preguntó él–. ¿Ayudas a dirigir Q Virtus, además de Merpia?

Sin olvidar ese hotel de hielo y a saber qué otras empresas. Nic no entendía su propia incredulidad. Si un hombre podía dirigir todo eso, ¿por qué no una mujer? «Porque en el fondo, pensabas que no era más que un adorno. La niña mimada de un hombre poderoso».

Le preocupó haberla comparado con su madre, una heredera que cumplía a duras penas con su trabajo en la sala de juntas para poder irse al club de campo al mediodía. Sin embargo, Pia parecía tomárselo mucho más en serio. No había dejado de trabajar ni cinco segundos desde que habían abandonado Zanzíbar, y su teléfono no paraba de sonar con mensajes y llamadas.

La había subestimado y, durante un segundo, se preguntó qué más estaba pasando por alto. Se preguntó si la seguridad de tenerla pronto en su cama no sería la postura de un bobo arrogante.

Pia sonrió con ironía, como si le hubiera leído el pensamiento. Tendría que intentar ser tan misterioso como Zeus para no decir algo que diera al traste con la reunión de París.

–Q Virtus ocupa parte de mi tiempo –asintió ella, eligiendo cuidadosamente las palabras.

«Pues no será así cuando termine con vosotros, de modo que espero que tengas otra perspectiva laboral», pensó Nicandro, guiado por los recuerdos de su pasado.

–Puedes elegir entre dos posibilidades para dormir.

–Creía que no me lo ibas a preguntar nunca, querida. Muéstrame el camino.

–Puedes instalarte en una cabina –Pia sacudió la cabeza–, o en una cama de hielo en el hotel. Sea cual sea la opción que elijas, te aseguro que estará lejos de mi habitación.

«¿Una cama de hielo? ¡De eso nada!».

–¿Y quién me mantendrá calentito? –preguntó con voz seductora.

Nicandro quiso pensar que el casi imperceptible temblor que sacudió el cuerpo de la joven se debía a él y no a las gélidas temperaturas de aquel lugar olvidado de la mano de Dios.

–Haré que una empleada te lleve más mantas y, antes de que la idea se te pase siquiera por la cabeza, Carvalho, el personal está totalmente fuera de los límites. Ahórrame las molestias de tener que despedir a otra persona.

A Nic no le gustó que le recordara que era el responsable del despido de una *Petit Q*. Había intentado en vano localizarla por teléfono. Era como si hubiera desaparecido en la noche.

–¿Qué sucede, Nic? –preguntó ella con fingida dulzura–. ¿Estás preocupado por tu amiguita?

Cada vez era más transparente, y eso era malo. Pero se deleitó pensando que Pia estaba celosa.

–Quizás los rumores de que los Merisi pertenecéis a la mafia griega hacen que la gente sospeche.

–Qué imaginación tiene la gente –Olympia soltó una carcajada–. Los Merisi nunca han tenido relación con la mafia y, cuando descubra al que ha propagado ese rumor, responderá ante mí.

–¿No ante Zeus?

–Sí, claro, ante Zeus también. Si te parezco temible, aún no has visto nada.

–¿Temible? Querida, eres una gatita.

–Sigue así y sentirás mis garras –rugió ella.

–Promesas, promesas... –Nic sonrió burlonamente.

La puerta principal se abrió ante ellos y el gesto de Pia cambió al instante, iluminándose como un árbol de Navidad. La visión del hermoso rostro provocó una extraña sensación en Nic.

Ante ellos se abrían unos túneles abovedados sujetos por columnas de hielo que estaban siendo esculpidas por varios artistas. Aquel lugar debía de llevar siglos construyéndose.

–Las paredes, todo el equipamiento, incluso los vasos, están hechos de hielo o nieve prensada.

–Adoras este lugar, ¿verdad? –preguntó él.

–Me gusta el arte –ella pasó la mano por una mesa de hielo pulido–, y este lugar es un proyecto de arte permanente. Me gusta ver cómo tallan el hielo. Aquí puedo respirar aire limpio y no los humos de los coches o aviones. Cada primavera, cuando se derrite, me entristezco, pero cuando cada invierno es reconstruido tiene otra oportunidad para vivir. Es como renacer.

Pia lo miró aturdida, como si estuviera a kilómetros de allí. A Nic no se le había escapado el tono empleado, como si su mundo hubiera estado plagado de fealdad y oscuridad.

–¿Tengo estalactitas en la nariz? –ella lo sorprendió mirándola y frunció el ceño.

Nicandro no supo por qué lo hizo, pero le rodeó la cintura con un brazo y besó la gélida nariz.

Y, al igual que la primera vez, Pia permaneció inmóvil. No se resistió, aunque tampoco se mostró pasiva, pero daba la sensación de no atreverse a moverse.

–¿Mejor? –preguntó él, preocupado por si la joven se desmayaba por falta de oxígeno.

–Sí, gracias –ella retrocedió un paso. Un precioso rubor teñía sus mejillas de rosa

–No hay de qué –contestó él–. ¿Somos los únicos huéspedes?

–Me temo que sí. Los demás no llegarán hasta dentro de una o dos semanas.

Olympia retrocedió otro paso, creando entre ellos un enorme abismo. Si no fuera ella un objetivo principal en su venganza, casi lamentaría la separación.

–Creo que es hora de retirarse.

–Mejor no. La noche aún es joven. ¿Por qué no dejamos el equipaje y nos reunimos en el bar?

Pia sacudió la cabeza y él respondió con su mejor y más carismática sonrisa.

–¿Por favor, querida?

Con un ardiente zumo de frambuesa calentándole las manos, Pia levantó la vista hacia el cielo y empezó a contar las estrellas. Como la cifra no fue par, empezó de nuevo. Cualquier cosa para distraerla de ese hombre recostado obscenamente cerca de ella, mirándola con sus oscuros ojos.

No debería encontrar nada sexy en un hombre cubierto de ropa de invierno y bebiendo vodka como si fuera agua mineral.

Su mera presencia había elevado la temperatura del local y Pia lo convenció para salir fuera antes de que las paredes empezaran a derretirse.

–Espera –en ese preciso instante, sintió el cambio en el aire–. Mira...

–Ya miro.

–Me estás mirando a mí –¿por qué querría Nic acostarse con una mujer neurótica y fría como ella? No quería. No debía olvidar que se trataba de una apuesta–. ¡Ahora! Mira hacia arriba.

Un remolino de luz verde atravesó el cielo, seguido de unas nubes rojas.

La colisión de partículas cargadas de energía siempre hacía saltar su corazón de felicidad.

–Retiro todo lo dicho. Es impresionante, Pia. Había oído hablar de la aurora boreal, es...

–Aurora Borealis, recibe el nombre de Aurora, la diosa romana del amanecer, y Boreas, palabra griega para el viento del norte.

–Debería haberme figurado que los griegos tenían algo que ver –bromeó Nic.

Pia frunció los labios para contener una sonrisa. Sentía un extraño cosquilleo en el pecho, más bien una sensación de mordisqueo en el corazón. Más que extraño resultaba terrorífico.

Nicandro estaba sentado en un banco a su lado con la cabeza hacia atrás. Demasiado guapo para expresarlo con palabras. Miraba hacia el cielo con expresión maravillada y ella se estremeció ante el deseo de saborear el licor que exudaban sus carnosos labios.

–¿Qué planes hay para mañana? –preguntó Nic con una sonrisa traviesa.

–Pasaré fuera toda la mañana, viendo unos terrenos en los que queremos construir más cabañas.

–Querrás decir que pasaremos fuera toda la mañana –le espetó él con prepotencia.

–No creo que les gustes a los huskies, *Lobisomem*. Reconocen una amenaza cuando la ven.

–Nunca he comprendido el porqué de ese alias.

–Quizás Zeus vio en ti a un depredador.

–¿Y a qué vienen tantas referencias a la mitología griega?

–Mi bisabuelo, el fundador del club, estaba obsesionado con esas historias. Era un gran empresario y, si me preguntas, el control se le subió a la cabeza. En los años que precedieron a su muerte, al parecer, se creía un dios.

–¿Tu padre también se cree un dios, Pia? –preguntó él con voz cortante.

–No tengo ni idea –contestó ella con sinceridad. A veces, era imposible saber en qué pensaba.

–¿En serio? ¿Quieres decir que no estáis unidos?

–Si hablas en términos de proximidad física, no –Pia sacudió la cabeza–, apenas nos vemos.

–Me refería a las emociones, querida, y lo sabes. La visita al zoo cuando eras pequeña. Compartir una botella de vino y unas risas. Unidos, como deberían estarlo un padre y una hija.

Una punzada de anhelo la golpeó con tal fuerza que Pia se inclinó hacia delante, fingiendo atarse los cordones de las botas. No comprendía esa reacción, pues su padre le había dado lo más importante en la vida: una casa, comida y ciertas dosis de tranquilidad.

–Nada de eso –se irguió de nuevo y apuró la copa. De inmediato deseó poder retirar las palabras. Habían sonado patéticas.

–¿Tienes hermanos o hermanas? –insistió él.

En otras palabras: «¿Eres la única heredera?».

Pia suspiró impaciente. No sabía cuánto tiempo más iba a poder aguantar aquello. Cada palabra, cada gesto de ese hombre escondía otro motivo, incluso su calidez y sinceridad. Y, aun así, allí estaba, deseando secretamente que el interés que parecía sentir hacia ella fuera auténtico.

–¿Hermanos o hermanas?

–Soy hija única. Mi madre... digamos que no era muy maternal.

«Bienvenida al club», pensó Nic.

–De manera que no estáis muy unidas –continuó él.

Hasta que él no respondió, Pia no comprendió que había hablado en voz alta.

–Necesito dormir –anunció bruscamente poniéndose en pie–. No hace falta que me acompañes mañana. Hazte un favor y quédate calentito en la cama –«dame una tregua, por favor».

–No dormiría sobre una cama de hielo por nada del mundo. Aunque supongo que, para ti, será como el ataúd para los vampiros –Nic sonrió travieso, pero sus palabras cayeron como una losa.

–Te crees muy gracioso –ella lo miró furiosa–. Deberías dedicarte a la comedia.

Sin embargo, no le faltaba razón, pues su intención era que el frío adormeciera las sensaciones que ese hombre le despertaba, el calor que le inyectaba en las venas.

–No entiendo cómo puedes dormir sobre hielo. Si supieras lo que es dormir en la calle...

–Es toda una experiencia –contestó Pia con la mirada fija en la puerta del hotel.

–Entiendo –asintió él con gesto burlón–. Eres como esas famosas que viajan al tercer mundo a pasar hambre solo por saber qué se siente. Salvo que es imposible imaginarse lo que es el hambre de verdad. De modo que si intentas demostrar algo...

–A lo mejor no lo hago solo por la experiencia –contestó Pia con voz ronca–, sino también porque he pasado por eso y necesito recordar de dónde vengo. A lo mejor necesito sentir el frío morderme la espalda para agradecer tener una cama todas las noches. Y eso, señor Carvalho, es algo que jamás doy por hecho.

Nunca. Nunca más –no se podía creer que acabara de contarle eso.

«Vamos, Pia, en el fondo querías que supiera que tú también has vivido días oscuros, como él».

–¿Cuándo? –Nic la miró boquiabierto–. No entiendo...

–Durante los primeros diecisiete años de mi vida. De modo que no te atrevas a juzgarme.

–¿Dónde estaba tu padre?

–No tengo ni idea. No lo conocí hasta que tuve diecisiete años. Y ahora, si me perdonas, necesito dormir –Pia odiaba el sonido tembloroso de su propia voz, y el escozor de los ojos.

–¡Oye, oye! –él se levantó del banco y se dirigió hacia ella con los brazos abiertos.

–No lo hagas –le suplicó ella. «De lo contrario, te pediré que me abraces y me derrumbaré».

–De acuerdo –Nicandro apretó los puños–, pero déjame acompañarte mañana. Te prometo que no volveré a hablar de tu padre. Solo quiero pasar algo de tiempo contigo, ¿de acuerdo?

Ella no contestó.

–¿De acuerdo? –insistió él preocupado. Era el último clavo de su propio ataúd.

Capítulo 6

LA HERMOSA, obstinada obsesa del control, se había marchado sin él.

Cada paso hacia delante iba seguido de dos hacia atrás. Y él era el único culpable. La había forzado a hablar de su padre, de su pasado, y la fría compostura había cedido bajo la presión.

La paciencia era una virtud que había practicado los últimos años. No había tenido otro remedio. Pero había llegado el momento de la rendición. Necesitaba llegar a Zeus y destruir Q Virtus.

Pero lo cierto era que Pia le intrigaba y quería saber qué tenía en la cabeza, qué la movía.

Preguntas que no tenían nada que ver con llevar a Zeus a los infiernos y sí todo que ver con el hilo invisible que lo atraía hacia ella. Lo había hechizado, como la *femme fatale* que era.

El fuego de la chimenea chisporroteaba mientras él contemplaba por la ventana el cielo plomizo y se preguntaba cuánto tiempo llevaría fuera y si regresaría antes de que estallara la tormenta.

No pudo evitar imaginársela acurrucada en el trineo tirado por huskies, junto a su amigo Jovan.

Lo irónico de la situación lo sacudió como un puñetazo. Cualquiera que lo viera pensaría que era el marido esperando a que regresara su mujercita. Igual que su padre, con los puños apretados, había esperado a que regresara su madre de alguno de sus viajes, de comer con su grupo de amigos o, peor aún, de bailar toda la noche.

Su humor no hacía más que empeorar, hundiéndole en las tierras movedizas de su pasado. Poniéndose las botas y la chaqueta de esquí, decidió salir. No iba a esperar a que Olympia Merisi se dignara a recompensarle con su presencia.

Se dirigió a la cabaña principal renegando de la ausencia de Wi-Fi en su habitación. Regresar a la naturaleza era como volver a la Edad Media.

La cafetería lo recibió con una bocanada de aire cálido y el aroma a café. Sin embargo, lo que más le animó fue ver en la esquina más alejada al amigo de Pia charlando animadamente con otro hombre. ¡Por el amor de Dios! No estaba celoso, ni obsesionado. En absoluto.

Para cuando hubo enviado unos cuantos correos electrónicos esparciendo más rumores sobre Q Virtus, se moría por tomar una copa. Su salud mental peligraba e hizo lo único sensato, llamar a su abuelo para no olvidar por qué había seguido a esa mujer por toda Europa.

–¡Nicandro! –la ronca voz del anciano lo calmó al instante.

–Avô, ¿cómo estás?

–Bien, bien, hijo mío. Le estoy dando una paliza a Oscar al Gin Rummy. Este hombre no sabe perder con elegancia. Ya se le ha caído la dentadura dos veces en los últimos cinco minutos.

–Eres una fiera, Avô.

–¿Qué tal por Zanzíbar?

–Mucho calor –en todos los sentidos imaginables, buenos y malos–. Nada digno de contar –ese fue el resumen de veinticuatro horas que incluían un allanamiento de morada, palizas, secuestro y conocer a la mujer más increíble del mundo. No quería que su abuelo sufriera un infarto.

–¿Estás ya de regreso? Esta noche tengo una cita con Lily, pero puedo cancelarla.

–No, abuelo, no hace falta, diviértete. Estoy en Finnmark, Noruega, a quince bajo cero.

–¿Qué? ¿A quién demonios puede apetecerle ir a Noruega?

Nic sonrió ante las palabras de su abuelo, prácticamente calcadas a las suyas.

–¿Has olvidado tus orígenes, chico? Brasil, la tierra del fútbol y la samba. Los Santos necesitamos calor. ¿Qué hay en Noruega? ¿Alguna mujer?

–*Sim,* Avô. Una mujer –¡cómo quería a ese anciano!

–Debe de ser una mujer especial si Nicandro Carvalho se molesta en ir tras ella.

–Más bien necesaria –al menos lo era para restaurar la dignidad de la familia y devolverle a su abuelo Diamantes Santos antes de que fuera demasiado tarde.

La mera idea de perder a ese hombre hizo que a Nic se le saltaran las lágrimas. Al anciano le quedaban solo unos pocos años buenos. Sería el mejor regalo para el hombre que le había acunado en sus brazos de bebé, cuando su madre no había podido, o querido, hacerlo. Nic había querido a esa mujer, bella y alegre, con locura, a pesar de su tendencia a meterse en líos.

La única vez que había asistido a uno de sus partidos de fútbol había aparecido con sus altísimos tacones, un cigarrillo en la mano y enormes gafas de sol.

–¡Apartad a ese bruto asqueroso de mi hijo! –había gritado en referencia al árbitro.

Nic había apelado a su vanidad explicándole que distraía a los jugadores con su belleza, lo cual tampoco era mentira, y a continuación le había pedido que se mantuviera alejada del campo.

A los catorce años, ella le había recogido un día en el colegio, dos horas tarde. Tras enarcar una ceja perfectamente depilada, le había preguntado si ya había perdido la virginidad.

Totalmente carente de instinto maternal, era una mujer alegre y divertida que no había merecido morir. Y menos aún con una bala alojada en la cabeza y un grito ahogado en la garganta, disparada por el hombre que...

–¿Nic? ¿Te pasa algo? ¿Hay algo que no me estés contando?

La preocupación de la voz de su abuelo le devolvió a la realidad, tal y como había hecho trece años atrás. Esa misma voz lo había acompañado durante los interminables meses que siguieron, obligándole a levantarse, a caminar, pasito a pasito, mientras se consumía en un mar de desesperación e ira, deseando haber muerto con sus padres, y con sus sueños.

La futura promesa del fútbol brasileño, destinado a jugar en el mejor equipo del mundo, había acabado en una cama con una bala alojada en la espalda. Fin de la partida.

–No, Avô, todo va bien –Nic cerró los ojos con fuerza y se aclaró la garganta–. Y aún irá mejor.

El sonido de la ruidosa respiración del anciano, por culpa de los puros cubanos y el coñac, le indicó a Nic que no había conseguido engañarlo del todo.

–¿Qué te he dicho siempre, Nicandro? Levántate. Camina hacia delante. No mires atrás.

Imposible. Había caído tan bajo que ya no había ningún sitio al que caer.

«También me dijiste que había que encontrar respuestas, personas a quienes hacerles pagar, reputaciones que recuperar. Me levanté y caminé hacia delante precisamente para eso».

–No te preocupes, Avô. Volveremos a hablar pronto.

–Nicandro, espera. Prométeme que regresarás sano y salvo.

–Como siempre. Adiós, Avô.

Nic colgó la llamada y miró hacia las nubes negras, promesa de una tormenta de nieve.

Para cuando se hubo recuperado, contemplaba la oscuridad con el ceño fruncido. «¿Dónde estás, querida? No desaparezcas ahora». La necesitaba, para satisfacer su lujuria, para incinerar el incongruente deseo. Para llevarle hasta París en el siguiente paso del juego final.

–Debería haber regresado hace horas –comentó Nic hacia Jovan.

–Como si te importara –los ojos negros lo taladraron–. O quizás te importe, pero por los motivos equivocados. Te vigilo, Carvalho. No eres lo que pareces.

–¿Qué se siente al no ser correspondido por la mujer que amas? –Nic sonrió fríamente.

–Dímelo tú –bufó Jovan antes de marcharse.

Nicandro apretó los puños con rabia. ¿Le había contado a su amigo que solo había química por una parte? ¿Le había asegurado que dentro de ella solo había hielo? Lo que más le preocupaba era que ese tipo podría estar en lo cierto. La idea de que ella no lo deseara lo hundió anímicamente. Las miradas ardientes de los ojos de color violeta podrían ser fingidas.

Pero en esos momentos, lo único que quería era que esa mujer regresara. Con él.

El solitario paisaje estaba moteado del azul del frío y del naranja del sol que luchaba en el horizonte. Pia respiró hondo, intentando calmar la ansiedad que le encogía el estómago.

–Se acerca una tormenta, señorita Merisi. Voto por tomar un atajo de vuelta al hotel. Podemos atravesar el bosque o cruzar el lago.

–Un momento –contestó ella al guía, Danel–. Esto es perfecto, mira ese río plagado de salmones.

Había hecho fotos de sobra. El problema era que no quería regresar. Aún no. Solo quería disfrutar de la belleza y la tranquilidad antes de que Nic la arrastrara a otro torbellino de recuerdos indeseados.

–Señorita Merisi, por favor. Tenemos que regresar.

–Me da igual el camino que tomemos, tú decides –ella cerró los ojos y respiró hondo.

–Atravesaremos el lago, es mucho más rápido.

Bordearon el bosque de abetos y el intenso olor a pino la relajó, cerrándole los ojos. Tan solo esperaba no volver a soñar con su madre...

Debía de haberse quedado dormida, pues lo siguiente que supo fue que el trineo había virado bruscamente a la izquierda y los perros lanzaban agudos aullidos.

–¿Qué sucede? –de un brinco, Pia se sentó antes de quedar empapada por el agua helada.

–La tormenta ha caído de golpe –Danel luchaba con las riendas–. Nos refugiaremos en el bosque.

Olympia sintió un intenso pánico. «No te dejes llevar por el pánico. Has vivido cosas peores».

El trineo giró a la derecha. Prácticamente no había visibilidad. Todo sucedió tan deprisa que solo sintió que la cabeza le daba vueltas.

El trineo se inclinó y el sonido de la madera rompiéndose llegó a sus oídos, junto con el del crujir del hielo.

Danel gritó a los perros, pero su voz quedó ahogada por el viento. Pia fue lanzada por los aires y aterrizó sobre la dura capa de hielo. Un intenso dolor se extendió por todo su cuerpo.

Su último pensamiento fue de alegría por no haberse llevado a Nic con ella.

Nic ya estaba harto.

Con fuertes zancadas se dirigió a la suite del gerente del hotel.

–Quiero una partida de búsqueda ahí fuera antes de que se haga de noche –rugió.

–No tenemos a nadie a quien enviar...

–Iré yo mismo. Deme un mapa de la ruta que ha seguido y un todoterreno.

–Aunque estoy seguro de que sabrá conducir sobre el hielo, señor, yo...

–Hágalo. ¡Ahora! –el rugido resonó en toda la estancia y el hombre palideció antes de romper a sudar. Nic se moría de preocupación y miedo ante un desenlace en el que se negaba a pensar.

Como se negaba a pensar en los motivos por los que se sentía de ese modo.

Capítulo 7

PIA sentía un intenso martilleo en las sienes, pero lo peor era el frío. Tenía mucho frío.

Tenía que ser una pesadilla, aunque parecía muy real, tanto que daba miedo. A su mente seguían aflorando imágenes de manos que le sujetaban el brazo, lastimándola.

–¡No, no, por favor! ¡Suéltame!

Una luz blanca parpadeaba ante sus ojos cerrados.

Voces. El chillido de su madre. Y Pia supo que mamá estaba de nuevo al borde del precipicio, luchando con la locura del opio. El pánico se filtraba a través de la puerta del sótano.

–Tenemos que huir, vienen a por nosotros –gritaba Karl.

A Pia le flaquearon las rodillas mientras oía abrir y cerrar cajones. Dinero de drogas. Traficantes.

–La culpa es de esa cría tuya, esa inútil. No vale para nada. Ella no les llevó el dinero.

Había entregado el dinero, pero le habían pedido más y había huido. No era culpa suya.

–Se la dejaremos a Merisi para que pague por los diecisiete años de manutención.

Pia había pegado la oreja a la puerta. ¿Manutención? ¿Tenía un padre?

–¿A Zeus? No, Karl, me matará –la voz de su madre sonaba temblorosa. Estaba aterrorizada.

«Él no sabe nada».

Pia arañó la puerta con unas uñas negras de suciedad. El corazón le latía acelerado. «No me dejes aquí, mamá. Llévame contigo, por favor. Seré buena, haré lo que tú quieras. Por favor».

Estaban en la habitación, sujetándola, y ella intentaba retorcerse y morder el brazo que la agarraba con fuerza.

–¡No, no! ¡Suéltame!

Una enorme mano le cruzó la cara, pero ella consiguió incorporarse y gritar por su vida.

Hasta que la fría aguja se clavó en su brazo y el dolor fue sustituido por una sensación de paz.

Los recuerdos, afilados como dagas, como bien sabía Nic, le estaban apuñalando el subconsciente mientras yacía medio desnuda y mortalmente pálida en su cama.

La respiración acelerada de Pia y sus murmullos y gritos le encogían el corazón. Debería haber partido antes en su busca. De haber pasado una hora más tumbada sobre ese hielo quebradizo, estaría muerta. Y, si en el plazo de una hora no conseguían que le subiera la temperatura, iba a morir de hipotermia. Si no se dejaba poner el gotero...

–¡Haga algo, por el amor de Dios!

El médico de más edad de los dos que la estaban atendiendo intentó, por enésima vez, sujetarle el brazo, pero los músculos tensos y las venas congeladas hablaban del miedo de Pia.

–¡Por favor, por favor, no lo hagas! –volvió a exclamar ella sin dejar de temblar.

Una y otra vez llamaba a gritos a su madre y luego hablaba de Merisi, de Zeus. Nic odiaba que desnudara su alma ante unos extraños. De haber podido, habría echado a esos médicos.

–Está delirando –les explicó–, no tiene ni idea de lo que dice o hace.

Unas lágrimas de plata rodaron por el rostro de Pia mientras la energía la abandonaba y se volvía para mirarlo a los ojos.

–Por favor. No. No... me hagas... esto.

No digo nada más. La desgarradora súplica, procediendo de una mujer como ella, era una rendición.

–Tiene que entrar en calor rápidamente. La única manera son los fluidos intravenosos. También podríamos hacer una derivación de la sangre, pero seguimos necesitando pinchar la vena.

–¿Y ya está? ¿No hay más opciones? –Nic no soportaba verla así.

–Solo queda que se meta en la cama con ella. Llevará más tiempo, pero debería funcionar.

¡Claro! ¿Cómo no se le había ocurrido? «Porque esta mujer te nubla el sentido. Por eso».

–Podrían haberlo sugerido hace diez minutos –masculló Nic entre dientes.

–No pensamos que fuera tan complicado y... –habló el segundo médico, una joven pelirroja.

–Ya pueden marcharse –les espetó Nic mientras empezaba a quitarse la ropa.

La pelirroja se sonrojó mientras lo devoraba con la mirada.

Nic contempló a Pia, tumbada con los ojos cerrados, temblando tras haber pasado media noche a quince grados bajo cero.

No quería verla despertar en sus brazos desnudos, aterrorizada. No quería que pensara que se había aprovechado de ella. «Inocente» no era una palabra que asociaría con esa mujer, pero no estaba seguro de si se sentiría cómoda con la idea de mostrarse desnuda.

–¿Puedo dejarle puestos las braguitas y el sujetador?

–No creo que supongan ninguna diferencia.

–A partir de ahora, este no es lugar para ustedes –rugió él mientras les dedicaba una mirada asesina. Por ridículo que fuera, sus instintos protectores habían surgido con ferocidad.

Empujó a los médicos hacia la puerta, molesto por cómo la pelirroja seguía devorándolo con los ojos. ¿Por qué no podía Pia mirarlo así? De haberlo hecho, a lo mejor no se habría marchado sin él esa mañana y él podría haberla mantenido a salvo.

Tras cerrar la puerta, regresó junto a la cama. ¿Estaba nervioso? ¿Ansioso? No sabía.

Rápidamente retiró las mantas, lo suficiente para deslizarse dentro de la cama. Intentó desterrar todo pensamiento de su mente. Odiaba admitir la excitación que le producía sentir esas curvas contra su cuerpo. Y agradeció que llevara puesta la ropa interior.

De repente fue consciente de lo que estaba haciendo, salvar a la hija del hombre que había matado a sus padres y casi a él también. Podría hacerle lo mismo a Zeus, hacerle sentir el mismo dolor que había sentido él años atrás. Ojo por ojo. Lo malo era que no estaba en su naturaleza. Aunque hubiera sido la propia Pia quien hubiera apretado el gatillo, él no era así.

Deslizó un brazo bajo sus hombros y la atrajo hacia

sí. Suavidad contra músculos. Frío contra calor. Había esperado lucha, una protesta. Pero lo que obtuvo fue un suave ronroneo mientras Pia se acurrucaba contra él, buscando el calor, un lugar donde dormirse sana y salva.

Nic le apoyó la cabeza contra su cuello y le rodeó el cuerpo con una pierna hasta que al final fueron uno, hasta que lo único que faltaba era su dureza deslizándose en su interior. Curiosamente, el contacto le pareció más íntimo y afectuoso de lo que podría ser el sexo jamás.

Nic la abrazó, le acarició los cabellos y hundió la nariz en las húmedas ondas percibiendo ese olor tan característico de ella, jazmín y gardenia, un canto de sirenas para sus sentidos. ¡Dios, qué duro estaba! Revolviéndose, soltó un juramento.

También intentó acallar la alarma que sonaba en su cabeza. Intentó no pensar en cómo habrían sido los primeros diecisiete años de la vida de esa mujer. «Demasiado tarde».

A una edad en la que él se dedicaba a jugar al fútbol y a pescar en el río con Avô, sin una preocupación en el mundo, Pia había vivido su propio infierno. El hecho de que hubiera estado sometida a drogas y abusos por parte de su propia madre le hacía querer morder y destripar, como el hombre lobo que ella aseguraba que era. Y de repente comprendió que ese fue el momento en que su padre la había acogido y se había hecho cargo de ella.

El conflicto que le provocaba tener que sentirse agradecido al hombre que había matado a sus padres era agónico. Pero se alegraba de que Pia hubiera encontrado una vida mejor.

–¿Por eso trabajas tan duro para él? –susurró antes de besarle la cabeza.

Era inevitable que Pia se hundiera con su padre. Nic sintió una gran opresión en el pecho, pero había llegado demasiado lejos para sucumbir ante las emociones. «Te va a odiar, lo sabes».

–Quédate conmigo –susurró ella.

¿Qué estaba diciendo? ¿Insinuaba que trabajaba tan duro para que su padre se quedara con ella?

Nic cerró los ojos con fuerza y empleó todas las armas a su disposición, cada recuerdo que pudo recuperar, para borrar los tumultuosos pensamientos que llenaban su mente.

Pia gimió y Nic la abrazó con más fuerza.

–Duerme, querida. Te tengo –por el momento.

Capítulo 8

PIA intentó despertar, pero seguía hundiéndose una y otra vez en la nebulosa del sueño.

Primero había sido la oscuridad y la luz de la luna, y después el brillo de la luz del sol del mediodía, pero le dolían tanto los huesos que se acurrucó de nuevo sobre el firme colchón.

Un intenso aroma a colonia despertó sus sentidos. Bajo la mejilla sentía piel y un suave vello. Cálido y maravilloso. Suspiró feliz.

Tenía la sensación de haber dormido durante días y se preguntó si estaría en lo cierto.

No recordaba haberse sentido tan perezosa jamás.

Se incorporó de golpe, tan deprisa que la habitación empezó a dar vueltas. ¿Qué demonios...?

Su mirada se clavó en Nic, tumbado a su lado, y el estómago se le encogió de deseo. Su aspecto era fuerte, masculino y, aun así, vulnerable. Tenía el rostro relajado, como si estuviera en paz.

Y, de repente, lo comprendió: ese hombre estaba casi desnudo. ¡Y ella también!

–¿Nic...? –tapándose con la sábana, se apartó todo lo que pudo de él. ¿Qué habían hecho?

Estirándose con la pereza de un león tumbado al sol, Nicandro pestañeó y la miró detenidamente. Y, de repente, se despejó por completo.

–¿Estás despierta? –en su rostro se reflejaba una ridícula expresión de felicidad.

–La pregunta resulta bastante obvia, diría yo, pero lo cierto es que no tengo ni idea –a lo mejor aquello no era más que un sueño. «¿No será más bien una pesadilla?».

–Esa es la lengua afilada que tanto me gusta –él sonrió–, me has tenido muy preocupado.

La mirada ardiente se detuvo en el sujetador y ella sintió una necesidad imperiosa de ducharse.

–Ni por un momento pienses que esto entra en los términos de nuestra apuesta –al menos, eso esperaba. Todo dependía de lo que hubiera sucedido. ¿Por qué no se acordaba de nada?

–Nunca me habría imaginado que fueras tan poco firme, querida –Nic la miró con ojos traviesos–. ¡Cómo me suplicabas!

–¡Yo no...! ¿Lo hice?

–Desde luego –él arqueó una ceja y se humedeció los labios–. Yo me negué una y otra vez, pero tú insistías. No querías aceptar una negativa por respuesta.

Nicandro era la perfecta imagen de la depravación, acariciándole el muslo.

Pia se estremeció e intentó cubrirse las piernas con la sábana, pero no podía, porque ese hombre las cubría con su propia pierna sin dejar de sonreírle.

–«Tengo frío, Nicandro» –él imitó su voz–. «Por favor, acuéstate conmigo. Te necesito. Por favor...».

Pia dio un respingo, horrorizada ante su propio comportamiento, y evaluó su estado general.

Cierto que apenas recordaba lo que se sentía después del sexo, pero algo se sentiría, ¿no?

Mientras reflexionaba, él había retirado la sábana y se había acercado más a ella, mirándola con expresión de lobo hambriento. Una mano se deslizó por su estómago y le rodeó la cintura.

–Ven aquí, mi hermosa Olympia. Bésame, como me besaste anoche.

Ella lo miró incrédula. Sin embargo, en los ojos de Nic solo vio una alegre y pícara inocencia.

–¿Qué me has hecho? –preguntó con voz temblorosa y empezando a hiperventilar.

Estaba furiosa y frustrada por no acordarse de nada. Pero, sobre todo, se sentía estafada.

Pia intentó salir de la cama, pero acabó cayendo al suelo sin ninguna gracia. Como pudo, se levantó y se apartó.

Ese hombre era un depredador. A cuatro patas, gateaba hacia ella por encima de la cama.

–De modo que quieres que te persiga –las palabras surgieron traviesas, seductoras.

–¡De eso nada!

–Lo cual significa que sí –él suspiró afectadamente, como si ya hubiesen pasado por todo eso.

–Significa que no. ¿Qué te pasa? –no era ese el experto seductor que había esperado que fuera.

Y ese cuerpo... era todo sexo y fuerza. Quizás fuera brasileño, pero su cuerpo era el de un dios griego. Hombros anchos, pectorales esculpidos, piernas largas y torneadas. Delicioso.

La espalda de Olympia golpeó contra la pared. Nic se pegó a ella y hundió una mano en sus cabellos.

–¿Hace falta que te recuerde el sabor de mi boca en tus labios, Pia?

«¡Sí! ¡No!», eso sería una mala idea.

Pia se quedó paralizada. La sangre circulaba a demasiada velocidad en ciertas partes de su cuerpo, y muy lentamente en otras. En cuanto al cerebro, allí no había ni gota.

Nic la sujetó por la nuca y se inclinó sobre ella.

–Intenta recordar esto, ¿quieres, bonita? –susurró mientras le mordisqueaba la oreja.

–No creo que hayamos hecho nada de esto antes –porque la sensación era de descubrimiento. Deliciosa y aterradora a un tiempo.

La descarga de electricidad que se produjo entre ellos fue tan fuerte que Nic retrocedió y la miró a los ojos. Que Dios la ayudara, pues lo deseaba. A él, y a sus besos.

–Me vuelves loco, Pia –murmuró Nic, acariciándole el rostro con su ardiente aliento.

Acercándose un poco más, le rozó los labios con los suyos y Pia se sintió electrizada. Cerró los ojos, presa de un ataque de pánico, sin saber bien si recordaría cómo responder.

Pero, cuando él deslizó la lengua por sus labios, la boca de Pia se abrió automáticamente, dándoselo todo. Dándole permiso para que se la introdujera húmeda y erótica. Y eso fue lo que él hizo.

Con una mano apoyada en la zona lumbar y la otra en medio de la espalda, Nic la atrajo hacia sí, apretándola contra su cuerpo. Ella nunca había sentido algo parecido. Era maravilloso.

Pia se apretó más contra él y gimió ante el fuerte y masculino sabor. Potente y hechizante.

Era el beso más ardiente, lascivo y sensual que le hubieran dado jamás.

Nicandro la apretó con más fuerza sintiendo cómo ella se entregaba, desbordada por el miedo.

–Me gustaría saborearte, aprender cada rincón, cada

curva, de tu hermoso cuerpo –Nic puntualizó cada palabra con el movimiento de sus hábiles dedos deslizándose por un brazo antes de ascender por la cintura hasta el pecho. El calor que emanaba de esas manos era lo más delicioso que hubiera sentido ella jamás.

Olympia emitió un gemido cuando él la apretó contra la pared, y sintió el ardiente y palpitante miembro entre sus piernas. Y deseó tenerlo en su interior.

–Quiero sentir tu rendición, Pia. ¿Te rendirás a mí?

Siguió otro beso, más presión, más calor en sus venas, en su estómago.

–Quiero deslizarme por tu cuerpo y tomar tu orgasmo con mi boca. Haría cualquier cosa por saborearte, tan solo una vez. Antes de hundirme en tu glorioso cuerpo y llevarte al paraíso.

Ella se retorció contra el fornido cuerpo.

–Te gustaría, ¿a que sí, Pia? Tenerme dentro de ti. Tomándote profundamente.

«Sí, sí».

Lo siguiente que ella supo fue que era la espalda de Nic la que estaba aplastada contra la pared y ella quien lo besaba apasionadamente, de puntillas. La descomunal erección presionaba contra sus braguitas, liberando un torrente de deseo carnal que le resultaba totalmente nuevo. El aroma masculino, la sensación del duro cuerpo contra su piel, era tan embriagador que no conseguía saciarse. Sus hormonas, la adrenalina, el deseo, todo se disparó.

Nic soltó un gruñido y ella casi llegó al clímax. El susto de perder el control, de arder desde el interior fue como si le atravesara una flecha de hielo.

Hielo...

Mortificada, ella se apartó.

–Eres hielo y fuego, Pia –susurró él casi sin aliento.

–Tú... tú –¡ese tipo estaba jugando con ella!

–¿Ibas a decir que beso muy bien? –sugirió Nic, aún sin aliento–. *Sim*, lo sé. Y tú tampoco lo haces mal. Vuelve aquí y practiquemos un poco más.

¡Ni en un millón de años!

–Eres lo más bajo que puede caer una persona, *Lobisomem*.

–No decías lo mismo cuando tenías la lengua en mi boca, querida.

–Eso fue antes de recordar la tormenta de nieve. ¿Qué pasó? ¿Cómo llegué hasta aquí?

–Yo te encontré.

–¿Encontraste también a Danel? –¿Nic había ido en su busca?

–Sí. Él estaba un poco mejor que tú. Vino a verte hace un rato. Y, antes de que lo preguntes, los perros también están bien. Se refugiaron en el bosque.

–Menos mal –Pia se frotó la sien y dio un respingo ante el dolor.

Muy bien, les había rescatado, pero...

–¿Y cómo acabé en tu cama? Tú no te acostarías conmigo, aprovechándote de mí, solo por ganar una apuesta –tanteó tímidamente–. ¡Me has hecho creer que ya era tarde!

–No –Nic apretó los dientes–. Lo que habría hecho es parar antes de ir demasiado lejos. Te habría explicado que sufrías hipotermia y terror por las agujas, y que, si no me hubiese metido en la cama contigo para calentarte, no habrías vivido más de unas horas.

Le había salvado la vida. Primero al encontrarla y luego abrazándola para darle su calor. No se había apartado de su lado ni un segundo. Sus caricias no habían demandado nada a cambio, habían sido dulces. Nunca había sentido unas caricias así y las deseaba de nuevo.

Se le llenaron los ojos de lágrimas. No porque estuviera alterada o disgustada, sino porque el torrente de sensaciones contradictorias la estaba desbordando. Luchaba con todas sus fuerzas contra la química que había entre ellos, y la estaba destrozando.

–Hice lo que tenía que hacer –Nic se apartó bruscamente de la pared.

–¿Lo que tenías que hacer? –repitió ella mientras se ordenaba a sí misma mantener la dignidad.

Él recuperó la camiseta del suelo y se la puso antes de mirarla y sonreír burlonamente.

–Ya lo entiendo –le espetó ella–. Si estoy muerta y enterrada no puedes ganar la apuesta.

Nicandro no se molestó en negarlo y se limitó a seguir vistiéndose tranquilamente.

Toda la felicidad que le había producido a Pia ese beso desapareció. Como si despejase de repente la tóxica mezcla de emociones, recordó las palabras de Nic.

–¿Tenía miedo? ¿Tenía miedo de las agujas? –por Dios, ¿qué había dicho?

–Terror, Pia –Nic la miraba con una expresión tan enigmática que ella apenas podía respirar.

–¿Hablaba? ¿Dije algo... interesante?

Una oleada de vergüenza la inundó al recordar su oscuro y sucio pasado. La posibilidad de que Nicandro Carvalho hubiera llegado a descubrir de dónde provenía, quién había sido, le horrorizaba. El daño que podría causarle con esa clase de información... «Pero sigue sin saber que eres Zeus».

–Lo que decías no tenía mucho sentido, Pia, y no dijiste nada interesante –le aseguró él.

Pia supo que no le había contado toda la verdad. ¿Insinuaba que sus secretos estaban a salvo con él? A lo mejor porque, de lo contrario, la habría presionado más, como hacía siempre.

–¡Pia!

Hasta que no oyó a Nic gritar su nombre no comprendió que estaba a punto de desmayarse.

–¡Dios, qué idiota soy! No deberías haberte levantado de la cama. Aún no estás fuerte.

–Tu preocupación resulta conmovedora –Pia disimuló su vergüenza con sarcasmo.

Nicandro la tomó en sus brazos, la llevó de nuevo a la cama y la arropó.

Pia pensó que no debería sentirse tan a gusto con las atenciones que recibía, ni estar pensando en ir al baño para que volviera a tomarla en sus brazos.

–Estás enferma, Pia. Basta de frío y de hielo. Esta noche dormirás en mi cama y mañana por la mañana, en cuanto amanezca, te llevaré a algún sitio cálido.

–Si yo duermo en esta cama, tú duermes en el sofá. Además, no me voy a ningún sitio. Tengo que pasar por Munich y...

–Como si tienes una audiencia con la reina Isabel de Inglaterra en el palacio de Buckingham. Hicimos un trato. Yo te he acompañado hasta aquí y ahora te toca a ti acompañarme a mí. Tengo un asunto de negocios en Barcelona. De modo que nos vamos a Barcelona.

A Pia no le gustó la mirada de Nic, su arrogancia, audacia y autoridad. La poderosa mezcla que le había convertido en una fuerza dominante del negocio inmobiliario en el mundo.

–¿Y si me niego?

–Estarás rompiendo los términos de nuestro acuerdo y consideraré que has perdido –susurró él.

–¿Qué términos? –Pia se cubrió con la sábana casi hasta la nariz. Un poco tarde, desde luego.

–Sobre lo de pasar tiempo conmigo.

«Sobre lo de demostrar que no soy tan malo», Pia rellenó por él los espacios en blanco. «Sobre lo de ganarme tu confianza». Sí, claro.

Se dejó caer sobre la almohada y cerró los ojos. A Nic no le faltaba razón. No tenía elección, salvo seguirle. Necesitaba saber si Nic estaba detrás de los rumores. Y había dado su palabra.

–Supongo que es justo. Tendré que cancelar la reunión de Munich –casi le produjo una urticaria.

–Lo dices como si fuera el fin del mundo. ¿Nunca has cancelado una reunión? ¿Jamás?

–No.

–¿Nunca paras? –él se detuvo en seco y la miró–. ¿Ni siquiera un momento?

–¿Por qué iba a hacerlo?

–Para vivir. Para divertirte. Ver a los amigos. Ser feliz.

–Ya vivo –la diversión no tenía ni idea de lo que era, y no tenía tiempo para amigos–. Soy feliz –«mentirosa», Pia y felicidad no solían ir en la misma frase. Pero ¿desde cuándo le preocupaba?

–No dejes de repetírtelo mientras yo me encargo de los preparativos para el viaje a España.

Iba a ser un terrible error. El final trágico estaba casi asegurado.

Entonces, ¿qué hacía ahí sentada, entregándole el control a ese hombre?

Capítulo 9

NIC lanzó el Bugatti por la carretera costera hacia el centro de Barcelona. A su derecha, la soleada costa acariciaba las cristalinas aguas azules y a la izquierda, la mujer que lo estaba volviendo loco.

Le movía una necesidad de velocidad, sin saber bien si huía de los tristes recuerdos del pasado, o hacia el futuro predestinado.

Pensó en las palabras acusadoras: «¿Nunca paras? Para vivir, ver a los amigos, ser feliz».

No se le escapaba la hipocresía. Avô siempre le decía que debía bajar el ritmo, ser más feliz.

¿Feliz? No recordaba la última vez que la alegría había conseguido despejar en parte la ira que anidaba en su corazón. Sí, hacía dos días. El alivio al comprobar que Pia se había despertado lo había desbordado, pero no quería pensar en ello. No significaba en absoluto que estuviera desarrollando alguna clase de sentimientos hacia esa mujer.

Jamás olvidaría la expresión del rostro de Pia. Miedo ante el temor de que él hubiera descubierto su pasado, vergüenza que había teñido de rojo sus mejillas después de los besos.

Cierto que había intentado presionarla para obtener respuestas, algo que pudiera utilizar para destrozar a su padre, pero ante la mirada de los ojos de color violeta, no había sido capaz de hacerle revivir el pasado. Solo había pensado en consolarla, ayudarla a olvidar, y no causarle más dolor.

Ella jamás lo iba a perdonar, pero tampoco era muy probable que volvieran a encontrarse tras la reunión con su padre. Nic regresaría a Nueva York y seguramente se casaría con la hija de Goldsmith para devolver Diamantes Santos a Avô. En cuanto a Pia, era una mujer fuerte.

Tampoco iba a dejarla en la ruina. Merisi tenía tentáculos que se extendían a lo largo y ancho del mundo. Pero había algo sobre lo que no iba a titubear: Q Virtus tenía que caer. Era el coliseo que había presenciado la muerte de su familia. Y Zeus debía quedar como el criminal que era.

Nicandro estaba más ansioso que nunca por conocer a ese hombre. Q Virtus empezaba a resquebrajarse bajo su presión y para cuando llegaran a París, la mayoría de los miembros habría abandonado el club para no regresar jamás. Ya se había encargado él de sembrar las dudas necesarias. Quería ver la expresión del anciano al comprender que su club y el legado Merisi se extinguían.

Necesitaba esa reunión. Y solo le hacía falta acostarse con Pia para conseguirla.

De repente, la idea le hizo sentirse incómodo. ¿Por qué? No la estaba seduciendo con violencia. Pia lo deseaba tanto como él la deseaba a ella y el placer sería mutuo.

Ante ellos apareció la ciudad de Barcelona, grandiosa y gótica.

Nic miró de reojo a su acompañante. El coche era

descapotable y el viento le había coloreado las mejillas de un saludable tono rosado. La hipotermia le había pasado factura y Pia había dormido durante casi todo el vuelo, pero en esos momentos disfrutaba del cálido aire y el sol, con el rostro casi cubierto por unas enormes gafas de sol y una pequeña sonrisa en los labios.

–Cuando dejas a un lado el portátil, los teléfonos y tus guardaespaldas, parece que tienes veinte años, querida.

–¿Y cuántos años parece que tengo con todo eso? –ella se volvió con gesto de sorpresa.

–¿Tan seria y enfadada? ¡Por lo menos cuarenta! –exageró él.

–¡Qué encanto! Yo creía que tu objetivo era acostarte conmigo, no que te lanzara por la ventana.

Nic soltó una carcajada. No recordaba la última vez que una mujer le había hecho reír.

–Si no quieres que piense lo peor, será mejor que me digas tu edad.

–¿Nunca te enseñaron que no había que preguntarle la edad a una mujer?

Sería por el sol, sería por una ciudad que ella desconocía, pero las palabras surgieron sin pensar.

–*Sim*, mi madre. Me pagaba para que les dijera a mis amigos que tenía diez años menos. Decía que prefería cargar con el estigma de un embarazo adolescente antes que ser vista como una vieja. *Mamãe* decía que se tiene la edad que uno siente tener.

–Hablas de ella en pasado. ¿Murió?

–Sí –Nic sintió un nudo en la garganta–. Hace mucho. Los dos murieron.

Sujetando con fuerza la palanca de cambios, redujo la velocidad al adentrarse en la ciudad y volverse el tráfico más denso. Distraído, se sobresaltó al sentir la caricia de Pia en la mejilla.

–Lo siento, Nic. Tu madre debía de ser muy divertida. Debes de echarla de menos. A los dos.

«Más de lo que te imaginas, y es a tu padre a quien se lo tengo que agradecer».

El violento deseo de venganza resurgió con fuerza y el aire se llenó de un incómodo silencio.

–Pues, si su teoría era cierta, hay días en que me parece tener cien años –Pia rompió el silencio.

–Hoy no será uno de esos días.

–No –susurró ella–. Hoy no. Este lugar es impresionante –Pia alzó la mano al viento y dejó pasar la fresca brisa entre sus dedos–. Si te digo mi edad, ¿contestarás con sinceridad a una pregunta?

–Lo intentaré –repuso él, no sin ciertas evasivas.

–Tengo veintiocho años.

¡Qué joven! Nic no se lo había esperado. Su presencia y autoridad no hacían sospechar que fuera tan joven. Por otro lado, dado su pasado, era lógico que hubiera tenido que crecer muy deprisa. Igual que él.

–Bien... –titubeó ella–. ¿Alguna vez has hecho negocios con Antonio Merisi?

–No –al menos, no personalmente.

–Jamás me acostaré contigo, Nic.

A Nicandro no se le escapó la determinación con la que habló, ni el tono de remordimiento. Ella lo deseaba, pero la maldita apuesta parecía hacerlo todo más difícil. Empezaba a lamentar su arrogancia. Se había convencido de que se la llevaría a la cama en cuestión de horas. Pero tras la fachada de *femme fatale*, en Pia había una vulnerabilidad que le desgarraba el corazón.

–¿Por qué no me cuentas el motivo por el que quieres reunirte con él? Si me explicas cuál es el problema, lo intentaré solucionar. Es lo menos que puedo hacer después de que tú...

–¿Te salvara la vida, Pia? ¿Te tuviera en mis brazos durante horas y horas?

Nic paró ante un semáforo y se volvió hacia ella. Pia contemplaba el suelo empedrado de Barcelona con el dorso de la mano contra la boca. Habría dado un ojo por saber qué pensaba.

–No puedes ayudar ni solucionarlo –le aclaró él, deseando que sí pudiera hacerlo–. No quiero hablar de él, Pia. Ni hoy ni mañana. No hasta que lleguemos a París. Este es nuestro momento. Hace dos días estuviste a punto de morir y quiero enseñarte a vivir. Olvida la apuesta, querida. Durante los dos próximos días seremos amigos. Saldremos, probaremos la deliciosa comida catalana. Disfrutaremos del sol y nos divertiremos.

Lo cierto era que a él le apetecía volver a sentirse un hombre, junto a una hermosa mujer.

–¿Qué me dices?

–Presiento que hay gato encerrado –los ojos de color violeta se entornaron con cinismo.

–¿Siempre tienes que ser tan desconfiada? –Nic sacudió la cabeza y se rio.

–No voy a acostarme contigo, Nicandro –ella lo fulminó con la mirada.

–Tu sigue repitiéndotelo, bonita –Nic le guiñó un ojo por encima de las gafas de sol.

Y Pia se lo repitió, hasta convertirlo en un mantra en su cabeza y una tórrida angustia en su cuerpo.

Nic estaba como un niño con zapatos nuevos y las maletas de Pia apenas habían tocado el suelo de su ático antes de que la arrastrara por Las Ramblas para visitar las calles y plazas medievales, y las fachadas obra de Gaudí. Las calles estaban repletas de cafeterías y Pia tomó ingentes cantidades de *vanilla latte* antes de pararse a escuchar a los músicos callejeros.

Disfrutó de cada instante, se enamoró del caos y el encanto de la ciudad.

–¿No tienes ropa informal? –Nic se fijó en el traje de ejecutiva–. ¿Algo que no sea negro?

–El negro me hace parecer más delgada –respondió ella con altivez.

–Eso es lo más ridículo que he oído nunca, Pia. No quiero que parezcas más delgada, quiero ver esas maravillosas curvas envueltas en color.

Pia consideró las palabras de Nic apoyada contra una fuente, con los pies llenos de ampollas.

Mientras tanto, él parecía sufrir otra rabieta, agitando los brazos en el aire.

–¡Quítatelos, por favor, querida! Lo digo en serio. ¡Mira esos pobres pies reventados!

Agachándose frente a ella le quitó los zapatos con delicada elegancia.

–¿Qué haces? –Pia estaba segura de que había otro significado para el gesto.

–Jugando al príncipe encantado.

–Pero él no quitaba el zapato, lo ponía.

–Una cuestión puramente semántica –Nic agitó una mano en el aire.

La sonrisa que le dedicó a Pia fue tan espléndida que ella habría jurado que el mundo acababa de bascular sobre su eje.

Los cabellos oscuros y ondulados caían sobre su frente y se rizaban sobre el cuello de la camisa. Los pantalones blancos se ajustaban a los fuertes muslos y marcaban la impresionante masculinidad.

–¡Qué maravilla! –exclamó ella mientras él le obsequiaba con un masaje–. Sigue, más fuerte.

–Si no dejas de gemir con esa seductora voz tuya, acabarás aplastada contra esa pared y «fuerte», solo tendrá una acepción –gruñó Nic.

«Y seguramente se lo permitiría», pensó ella. Con ese hombre sería espectacular. Debería haberse escandalizado, pues para ella el sexo nunca había resultado más que pasable.

Pia cerró los ojos e inclinó la cabeza hacia atrás, perdiéndose en la placentera sensación. Era la primera vez que alguien le daba un masaje de pies, y se arqueó y ronroneó como un gato.

–¡Por Dios, mírate! Esto es una tortura. Debemos seguir.

–¿Voy a ir descalza?

–Súbete a mi espalda y te llevaré hasta la tienda de la esquina. Voy a comprarte unos zapatos y algo de ropa decente, aunque sea lo último que haga.

–Soy perfectamente capaz de comprarme mi propia ropa, muchas gracias, y de ninguna manera voy a dejarme llevar a caballo hasta esa tienda de lujo –la idea resultaba absurda.

–¿Y a quién le importa? –Nic la miró como si la absurda fuera ella–. Si vas descalza, te cortarás.

–No me puedo creer lo que voy a hacer –Pia tragó nerviosamente mientras se subía la falda y miraba a su alrededor–. Peso una tonelada. Podría romperte la espalda.

–Como mucho, pesarás sesenta y tres kilos, Pia. Vamos.

–De acuerdo –el tono autoritario le hizo estremecerse–. Tú lo has querido.

Apoyando las manos en los fuertes hombros, dio un saltito y él la sujetó sin esfuerzo.

–Esto me gusta –observó Nic con voz gutural.

Más avergonzada de lo que se había sentido jamás, Pia hundió el rostro en el cuello de Nic. Aquello era del todo surrealista, pero la turbación pronto dio paso a una sensación de cosquilleo. Las personas con las que se cruzaban les saludaban y sonreían como si fueran dos enamorados.

Pronto empezó a disfrutar de la sensación del ardiente cuerpo contra ella. Se sentía protegida, a salvo, y aspiró el intenso aroma a masculinidad.

–¿Te gusta? –preguntó él.

–Me parece divino –Pia no sabía si se refería a su olor o a la falta de zapatos, pero en cualquier caso, la respuesta hubiera sido la misma.

Otro gruñido escapó de Nic, seguido de una vibración que se transmitió hasta el pecho de Pia, encantada con el efecto que ejercía sobre ese hombre. Aquello era completamente real.

Empezaba a preguntarse qué sucedería si se rindiera y le concediera esa reunión. Con Zeus. Con ella. La rendición no sería solo de su cuerpo, sino también de su identidad, su vida.

Una noche con Nicandro Carvalho a cambio de arriesgarlo todo. ¿Merecería la pena? Seguramente no. No para ella, no por el sexo. Un placer fugaz a cambio de perder Q Virtus. Los viejos dinosaurios del club la matarían si supieran que una mujer dirigía su mundo.

«A lo mejor te guarda el secreto, Pia. Él conoce tu pasado y prometió no contárselo a nadie». A lo mejor podía confiar en él.

El debate privado continuó, generándole un estado de ansiedad y frustración. Había demasiados riesgos, demasiada incertidumbre, sobre todo teniendo en cuenta los rumores.

Pero a lo mejor se había equivocado y él solo buscaba a Zeus. No tenía ninguna prueba de que Nic fuera el responsable, aparte de haber sido sorprendido fisgoneando en su despacho. Cuanto más lo conocía, más convencida estaba de que solo había querido encontrar a su padre.

«¿Intentas convencerte a ti misma, Pia?». A lo mejor, pero, si lo que quería era crear problemas, ¿para qué salvarle la vida, cuidarla y masajearle los pies? ¿Para qué enseñarle esa ciudad y asegurarse de que disfrutara de cada momento?

No. Aquello no encajaba.

Perdida en sus pensamientos, no se dio cuenta de que ya habían llegado a la tienda.

–Ya puedes bajarme.

–No quiero –aseguró él–. Me encanta sentir tu cuerpo contra el mío, Pia.

Fuera sinceridad, la ardiente química o el deseo reflejado en la voz ronca, Pia se agachó y lo besó detrás de la oreja.

–Gracias por el viaje.

Nic se había mostrado considerado hacia ella sin ninguna necesidad de serlo. Ese no era el hombre que había conocido en Zanzíbar, el lobo calculador que lo tenía todo organizado. Ese hombre era real y, que Dios la ayudara, lo deseaba.

En cuanto hubo aterrizado sobre la cálida acera, Nic se dio la vuelta y le devolvió el beso con ternura.

–Ha sido un placer, bonita.

En cuanto entraron en la tienda, Nic se vio rodeado de dependientas que no le quitaban la vista de encima. Pia no las culpaba por ello. «¡Lo he besado!», pensó con una sensación de vértigo.

Él la envió al probador con un montón de prendas. Al desembarazarse del traje, la única palabra que encontró Pia para describir cómo se sentía era «libre». Al otro lado del vestidor se oyó una risita infantil y supo que tenía que ver con Nic. Con disimulo, se asomó.

Haciendo equilibrio sobre una pierna, Nicandro sujetaba un balón del fútbol con la punta del otro pie, bajo la atenta mirada de un chico. De repente, le dio una patada al balón y empezó a darle botes sin que se le cayera al suelo una sola vez. Otra patada y el balón aterrizó en la nuca. Todas las personas que había en la tienda lo observaban maravilladas.

Pia sonrió y el corazón empezó a flotar en su pecho. Su mente se llenó de imágenes imposibles.

Ese hombre sería un padre maravilloso.

Tras una infancia sin orden ni armonía, el mundo encorsetado de Antonio Merisi le había encandilado tanto que habría hecho cualquier cosa por quedarse con él. Y lo había hecho. Pero, por otro lado, había sido como pasar de la anarquía al despotismo. Una especie de tiranía.

Sin embargo, Nic era una mezcla maravillosa de caos y control. Podía ser autoritario y dominante y, un segundo después travieso y sexy. Como padre sería firme cuando fuera necesario, pero también dispuesto a trepar al primer árbol o saltar a un lago. Pia sintió envidia por la mujer que fuera a compartir su vida con él.

Un estruendo, de un jarrón al hacerse añicos, resonó en la tienda.

Nic casi cerró los ojos, el chico soltó un bufido y se ganó una mirada reprobatoria de su madre. ¿Y Pia? Pia se tapó la boca con una mano y soltó una risita. ¿Desde cuándo soltaba risitas?

Compungido, Nic pareció ruborizarse mientras se disculpaba ante las dependientas. Lo cierto era que ya las tenía enamoradas a todas y podría haber destrozado la tienda entera sin que importara. Además, podía comprar cincuenta tiendas como esa.

Tras descartar algunas prendas que no se habría puesto nunca, Pia se decidió por una camiseta blanca y unos pantalones vaqueros, una bonita chaqueta y las botas de ante más suaves que se hubiera probado jamás. Y antes de darse cuenta, se arrancó las horquillas del moño. ¿Le gustaría a Nic con el pelo suelto? Incluso delirando en la cama había llevado moño.

«¿Qué te pasa, Pia? ¿Qué te está haciendo ese hombre?».

Para cuando hubo aplastado su sentimiento de culpabilidad y salido del probador, Nic y su compinche estaban sentados en el suelo apoyados contra la pared, charlando sobre futbolistas.

–¿Os estáis comportando vosotros dos? –Pia se aclaró la garganta.

Dos rostros la miraron y dos bocas, una grande y otra pequeña, quedaron abiertas.

–¡Vaya, qué guapa es! ¿Es tu chica?

Fue el turno de Pia de sonrojarse violentamente mientras Nic la miraba fijamente.

–A mí me gustaría que lo fuera –contestó él poniéndose en pie–. ¿Crees que debería?

–Desde luego. Eres un tipo guay.

–Eso pienso yo también –asintió Nic con arrogancia mientras se acercaba a Pia.

–¿Qué te parece? –turbada, ella intentó cambiar el tema de conversación.

–Me pareces insultantemente joven y bonita. Y la mujer más hermosa que haya visto jamás.

–¡Oh!

–¿Te has quedado sin habla? ¿Acaso ha llegado el fin del mundo?

–A veces me gustaría darte una patada en el trasero.

–No hablemos de nuestros gustos –le susurró Nic al oído–. Yo haría que encogieras los dedos de los pies.

Cuando apoyó la mano ahuecada en el delicioso trasero, ella se sintió derretir.

–Ese bonito trasero está hecho para llevar vaqueros, ¿lo sabías?

A continuación empezó a juguetear con un mechón de sus cabellos.

–Por fin te has soltado el moño. Por Dios, Pia, ¿qué intentas hacerme?

«No estoy segura. Hacer que me desees, pero no por quien soy o lo que pueda ofrecerte. Demostrarte que soy algo más que la sirena que quieres en tu cama. Hacer que te fijes en mí».

Pia permaneció con la mirada fija en los labios de Nic, que sonrió travieso.

–¿Quieres probar un poco, Pia? –preguntó con voz seductora.

–¿Dónde aprendiste a jugar así al fútbol? –ella cambió de tema–. Podrías ser profesional.

El efecto de sus palabras fue el de un apagón. La angustia reflejada en los ojos de Nic fue tan fuerte que Pia casi se tambaleó. Nunca había visto tanto dolor.

–¿Nic? ¿Qué he dicho?

El dolor se transformó en algo frío y duro que le hizo estremecerse. Pero en un segundo desapareció.

–Lo fui. Hace mucho tiempo.

–¿Y qué pasó? –insistió ella con dulzura.

–Una lesión –dándole la espalda, él se dirigió hacia la caja–. Vámonos.

Pia quiso preguntarle el cómo, el cuándo, el dónde, pero algo le dijo que no debía.

Nic pagó a la cajera tras dirigirle a ella una mirada de advertencia para que no se atreviera a protestar. Era la primera vez que alguien le compraba algo. Tras pedir que las cajas fueran llevadas al ático de Nic, salieron de la tienda. Él le tomó la mano sin que ella protestara.

–Vamos a quemar la ciudad –anunció él, regresando en cuestión de segundos a la jovialidad de la que había hecho gala todo el día–. Cena y un club para nuestra primera cita.

–¿Cita? –Pia dio un traspié–. ¿Los amigos tienen citas? –el recuerdo de su última cita aún le hacía sentirse enferma.

–¿Te refieres a los amigos que se mueren por desnudarse el uno al otro? –Nic le rodeó la cintura con un brazo–. Desde luego.

–Esta noche nadie va a desnudar a nadie.

La última vez que había entregado su confianza a un hombre, casi la había destrozado.

–Sigue repitiéndotelo, querida –los ojos de color whisky la miraron chispeantes.

Eso hacía, todo el tiempo. Pero no parecía estar funcionando.

Capítulo 10

EL ATARDECER vencía al día en un remolino de rojo y violeta, como sus ojos. El aire sabía a sal.

Pia se había encerrado en sí misma y lo único que se le ocurría a Nic para explicarlo era haber definido la cena como «cita».

Aun así, le tomó la mano, poco dispuesto a soltarla, consciente de que empezaban a parecer dos amantes inseparables, y la llevó al mejor bar de tapas de la ciudad.

–Supongo que alguna vez habrás tenido una cita, ¿no? –le propinó un suave codazo.

Esos vaqueros hacían que la sangre se dirigiera directamente a la cabeza y la entrepierna de Nic, mareándole y poniéndole duro a la vez.

Estaba estupenda con ropa informal. Si bien la sexy sirena en traje de ejecutiva despertaba su lujuria, la versión más dulce, de chica de al lado, la volvía tan abordable que la gente interrumpía las conversaciones a su paso. Nada que ver con la mujer autoritaria de Finnmark.

–Por supuesto –bufó ella a la defensiva, dejando en evidencia que no habían sido muchas.

–¡Nicandro! Cuánto tiempo, amigo.

Nicandro sonrió al ver a Tulio Barros, el mejor cocinero del planeta. Moreno, bajito y muy listo.

–Desde luego, amigo mío. Me alegra ver que este sitio no ha cambiado.

La pared principal del bar era un lienzo de exquisitos desnudos de otra época. Las otras tres paredes eran de ladrillo visto. El decorado, mezclado con el rico aroma de las tapas, hacía honor a la fama de calidez que tenía esa parte del mundo. Nic lo adoraba y en parte le recordaba a Brasil, su hogar, al que no regresaba desde hacía doce años.

–¿Qué tal estás? ¿Cómo va el negocio? ¿Quién es la hermosa dama? –las preguntas se sucedieron atropelladamente.

Nic hizo las presentaciones mientras abrazaba a Pia por la cintura. La tensión de su cuerpo fue evidente cuando Tulio la inundó de su encanto latino y señaló una mesa situada en un rincón.

–Sentaos a mi mesa. Os llevaré sangría y mis mejores tapas.

Pia se abrió paso hasta el rincón y contempló angustiada el banco corrido.

–¿No sabes cómo lo vas a hacer para mantenerte lo más alejada posible de mí?

–Sí –ella frunció los labios.

–Jamás te lo permitiré –él se rio ante la franqueza de la respuesta–. Siéntate.

Tras fulminarle deliciosamente con la mirada, ella se sentó en el banco, seguida de Nic. Las rodillas se tocaban, las piernas se rozaban y Nic se encontraba en su elemento.

Tulio sirvió la sangría, que Pia bebió con una pajita, y dispuso en la mesa sepia, patatas con un cremoso alioli, fuet y tigres, deliciosos mejillones rellenos.

Nic sintió que los pantalones empezaban a apretarle. Esa mujer comía como si le estuviera haciendo el amor a los platos. Era la escena más provocativa que hubiera visto jamás.

La manera en que se relamía y el mohín de los labios al beber con la pajita casi llevó a Nicandro a un estado de agonía. Se moría por ser tomado él también por esa deliciosa boca.

Su intención había sido continuar interrogándola sobre sus citas, pero tanto lamer y mordisquear le estaba nublando el cerebro.

–¿Cuántos amantes has tenido?

Nic se dijo que esa opresión expectante que sentía en el pecho no eran celos obsesivos, ni inseguridad. Solo necesitaba comer algo, cuando consiguiera dejar de mirarla fascinado.

Pero, al parecer, no debería haber hecho esa pregunta mientras Pia tuviera la boca ocupada.

A punto de atragantarse con un mejillón, Nic tuvo que darle unos golpecitos en la espalda hasta que pudo volver a respirar con normalidad.

–¿Qué intentas, matarme? ¡Eso no es asunto tuyo!

–Lo cual significa que ninguno –murmuró Nic tras darle una última palmadita–. ¿Eres virgen?

–¡No! –la mitad de los clientes del restaurante se volvieron hacia ellos ante la exclamación de Pia–. Por el amor de Dios –susurró–. ¿Alguna vez has conocido a una virgen de veintiocho años? He tenido amantes –añadió con cierta altivez, pero muy a la defensiva.

–¿Buenos amantes u orgasmos mediocres, en el mejor de los casos?

–¿No hay ningún filtro entre tu mente y tu boca? –ella lo miró con ojos desorbitados.

–O sea que mediocres –Nicandro se humedeció los labios y sonrió para sus adentros cuando ella hizo lo propio–. ¿Y por qué crees que fue así?

Él no creía en la existencia de «esa persona» con la cual el sexo te cambiaba la vida. En cuanto a Pia, recordó cómo había estado a punto de alcanzar el clímax en Finnmark.

–Nunca lograrás experimentar un placer estratosférico, desgarrador, hasta que renuncies al control. Si te dejas ir, Pia, conocerás un éxtasis cincuenta veces mayor. En la cabaña de Noruega te contuviste, ¿verdad?

Olympia se sonrojó violentamente. Había acertado de pleno.

–Sé cuándo una mujer está a punto de alcanzar la cima, querida. Si te hubiera tocado donde más húmeda estabas, donde deseabas que te tocara, habrías estallado.

–¡Vaya, Nic! No sé cómo te cabe esa cabeza por la puerta –ella lo fulminó con sus ojos violetas–. Simplemente, creo que no estoy hecha para eso.

–¿«Eso» es el sexo? –Nic empezaba a comprender cómo se le había resistido tanto–. Puedes pronunciar la palabra, Pia. En este país no es ilegal ni inmoral.

–Menos mal, porque de lo contrario te habrían condenado varias veces en todo el mundo.

Pia se metió una albóndiga en la boca y, a riesgo de ser tildado de masoquista, él siguió el proceso mirándola fijamente.

–Es curioso. Yo nunca te asociaría con la palabra «inocente», pero a menudo es exactamente lo que pareces. Necesitas una buena formación, Pia.

–Y tú eres el hombre indicado para impartirla, ¿a

que sí? Para ti será un deber cívico asegurarle a Olympia Merisi un buen orgasmo, ¿es eso?

–¡Ah, querida! –la expresión del rostro de Nic era de la más pura lujuria–, te aseguro que no sería solo uno y «buen», no se acercaría siquiera a describirlo –se inclinó hacia ella y le besó suavemente la barbilla–. Para cuando acabara contigo, no sabrías dónde estabas.

–Creo que pasas demasiado tiempo con aduladoras, Nicandro. No deberías creerte todo lo que te dicen las mujeres. El dinero es un maravilloso afrodisíaco, y produce expertos mentirosos.

De repente, Nic lo comprendió todo. En realidad, tendría que haber estado ciego para no darse cuenta del dolor reflejado en su rostro.

–Déjame adivinar. Algún imbécil te rompió el corazón –era una pura conjetura–. Me imagino que los hombres o bien se sienten intimidados por ti, o bien van tras el dinero de tu padre. ¿Es así?

Una desgarradora mezcla de reticencia, dolor y rabia oscureció los ojos de Pia.

–Algo así –contestó ella en el tono gélido que no había empleado desde hacía días.

–¿Qué pasó, Pia? –preguntó Nic con delicadeza, consciente de que presionarla era una mala idea, pero incapaz de contenerse. No le gustaba pensar que algún hombre le hubiese hecho daño.

–Bajé la guardia. Me creí todas las mentiras que salieron de su boca. Llegué a confiar en él. Y una noche, salimos y le oí contarles a sus amigos que se acostaba con la hija de Zeus para entrar en Q Virtus, y que yo era tan fácil que mañana podría casarse conmigo si quisiera.

Era normal que ella se reprimiera, desafiante y rebelde contra la química que había entre ellos. La habían utilizado y, a su juicio, él también lo hacía. A fin de cuentas, buscaba reunirse con Zeus, ¿no?

–¿Y sabes qué me dijo mi padre? –ella continuó–. Me dijo que no me fiara de ningún hombre. Me dijo que, si quería que me tomaran en serio, dejara de comportarme como una fulana.

–Disfrutar haciendo el amor y sentirte unida a un hombre no te convierte en una fulana, Pia. El sexo, hacer el amor, te hace sentir vivo. No hay nada de qué avergonzarse.

–¿Y lo dice el hombre que necesita acostarse conmigo para conseguir una entrevista con Zeus o el amigo desinteresado? –preguntó ella con voz temblorosa.

–El amigo, te lo aseguro –curiosamente, era la verdad–. Olvida quién soy o por qué estamos aquí. No dejes que esa experiencia te dicte un futuro de frío y soledad. ¿Fue tu amante?

–Sí –asintió ella.

–Mantener las distancias, negarte el afecto y el amor no te vuelve más fuerte, Pia –Nic le tomó una mano–. Si acaso más débil, porque lo haces por miedo.

El rostro de Pia reflejó perplejidad. Esa mente hiperactiva y analítica iba a ser su desgracia.

–Eres una mujer hermosa y sensual, Pia, y no estás hecha para estar sola. En tu interior hay demasiado fuego. Pase lo que pase entre nosotros, prométeme que no lo olvidarás. Prométeme que lo volverás a intentar. No todos los hombres son tan falsos... –Nic se interrumpió.

«Yo tampoco lo soy», quiso decir, pero eso sería una descarada mentira. Al menos, para ella.

Nicandro se sentía desgarrado y quiso destrozar al imbécil que le había roto el corazón, y, sin embargo, él estaba a punto de hacerle lo mismo. Aprovecharse de su apellido, de quien era ella, explotarla en su propio beneficio, utilizarla como lo había hecho su anterior amante.

Nic se reclinó en el asiento y cerró los ojos, sin saber si podría hacerlo. A lo mejor había otro modo de llegar hasta Zeus. Pero estaba tan cerca... Después de tantos años de espera estaba a punto de encontrarse con el hombre que le había arrebatado a sus padres, su herencia, su vida.

¿Por qué se sentía tan mal? ¿Por qué la deseaba tanto? ¿Por qué empezaba a anteponer la felicidad de Pia a la suya propia?

¿Por qué de repente todo empezaba a ir tan mal?

Pia estaba sentada a la mesa de cristal del ático de Nic. Tenía el ordenador portátil encendido, pero miraba absorta la puesta de sol.

Nic había empezado a apartarse de ella. Toda seducción se había detenido.

A menudo lo pillaba mirándola fijamente con una expresión de voraz deseo, pero por lo demás se comportaba como el perfecto caballero. ¿Nic el perfecto caballero? Surrealista.

Casi había esperado que cancelara la visita al museo Picasso de aquella mañana, pero la idea al parecer ni siquiera se le había pasado por la cabeza a Nic, y tampoco había cancelado la velada de aquella noche, la última en Barcelona. Si alguien le hubiera dicho un mes atrás que estaría allí sentada como una colegiala contando las horas, hubiese pensado que estaba loco.

Ningún hombre la había mirado jamás como lo hacía Nic. El calor que reflejaban los ojos de color whisky le incendiaba la piel, con las llamas bailando en la oscura profundidad, manifestación física del llameante infierno que surgía entre ellos y que hacía que Pia estuviera dispuesta a hacer todo lo que él le pidiese.

El sonido del correo electrónico entrante llamó su atención.

Sin noticias. Nada que asocie a Carvalho con los rumores de QV. Parece estar limpio. Sabré más cuando haya hablado con el detective por la mañana.

Ten cuidado, Pia.

J.

¿Cuidado? ¿No lo tenía siempre? Siempre seguía las reglas, utilizaba la cabeza, emocionalmente vacía. Pero con Nic tenía la sensación de exponer todos sus sentimientos.

Sus pensamientos fueron interrumpidos por el timbre del ascensor y la llegada de Nic, sudoroso tras practicar footing.

Que Dios la ayudara, pues un vistazo a ese atlético cuerpo y su instinto animal había despertado.

Tenía los cabellos húmedos y el sudor resbalaba desde la frente hasta la barbilla.

–¿Trabajando otra vez, querida? –preguntó él.

–Hay problemas en el club –Pia lo observó detenidamente, pero él no hizo ningún gesto.

–Que se ocupe tu padre –le aconsejó.

seda y la falda de gasa. No habría elegido algo así ni en un millón de años, pero mientras se lo probaba se sentía la mujer más rica del mundo.

Podría haberse comprado cientos de vestidos como ese, pero nunca había querido, nunca había tenido la necesidad de vestirse para nadie. Para Pia, ese vestido valía más que toda su fortuna, porque era un regalo hecho con el corazón por un hombre al que le importaba.

Y había llegado el momento de reconocer que a ella también le importaba Nic. Incluso antes de conocerlo ya lo deseaba. La duda era si sería lo bastante fuerte para lanzarse, rendirse, entregarle su cuerpo y revelar su identidad.

Una rápida ojeada al espejo y supo exactamente qué faltaba.

Abrió el joyero y observó la enorme lágrima negra, recordando el día que su padre se la había regalado. No había habido ningún beso afectuoso ni palabras de amor, pero sabía que, a su modo, le había importado a ese hombre, y le había bastado con eso.

Sostuvo el colgante en alto y lo observó contra la luz. Un recuerdo nubló la felicidad del momento. Zanzíbar. El odio de la mirada de Nic le había inspirado verdadero temor.

Echó una ojeada hacia el baño, preguntándose si el detective habría descubierto algo sobre Diamantes Santos. Y para no romper el frágil optimismo, cerró el joyero.

Al salir al pasillo, el sonido de la ducha la empujó hacia la puerta abierta del cuarto de baño.

El vapor empañaba la mampara de cristal y, cuando avanzó un tembloroso paso al frente, le dio un vuelco el corazón.

Con las manos apoyadas sobre los azulejos negros y la cabeza agachada dejando que el agua cayera sobre él, parecía frustrado, roto, desmoralizado.

–¿Pia? –como si hubiera sentido su presencia, Nic levantó la cabeza y se volvió.

Ese hombre era lo más hermoso que ella hubiera visto jamás.

–¿Compraste el vestido antes o después de destrozar la tienda?

–¿Antes de romper el jarrón de dos mil euros? Sí. ¿Te gusta?

–Me encanta, Nic. Gracias.

–No hay de qué –él asintió.

Pia era incapaz de desviar la mirada. Solo podía pensar en arrancarse el regalo del cuerpo y meterse en la ducha para hacer realidad las fantasías que había tejido en la última semana. Nicandro seguía sin mover un músculo y ella se preguntó si estaría pensando lo mismo que ella.

–Tendrás que salir de aquí... ahora.

–¿Y si no quiero? –a Pia se le encogió el estómago dolorosamente.

–No voy a hacerte el amor, Pia.

Y ella, de repente, lo comprendió todo. Nic no quería que se sintiera utilizada, como le había hecho sentirse Ethan. Y por eso lo deseó más que nunca. Él jamás le haría daño a propósito.

–Sigue repitiéndotelo, querido –ella sonrió.

Capítulo 11

HE CAMBIADO de opinión.

Pia apartó la mirada de la fachada gótica de la catedral que contemplaba por la ventanilla de la limusina, y soltó un juramento para sus adentros.

Una ojeada bastaba para que la parte baja del estómago se le encogiera, vacía, necesitada.

Nic le recordaba a un príncipe con su traje azul medianoche y los cabellos negros revueltos. En lugar de corbata, llevaba el cuello de la camisa desabrochado y la visión del cuello bronceado hizo que Pia sintiera flaquear las rodillas.

–¿Sobre qué? –preguntó con voz odiosamente temblorosa.

–Hoy estás más hermosa que nunca.

–Dices lo mismo cada vez que me cambio de ropa.

–Eso es una prerrogativa de los hombres, querida –Nic sonrió–. ¿Bailarás conmigo esta noche?

La voz era profunda y gutural, pero a Pia le pareció advertir cierto tono de duda, y en su gesto también. Parecía estar sumido en profundos pensamientos, pensamientos conflictivos.

–Me encantaría bailar, pero te advierto que no tengo ni idea.

–Yo te enseñaré a bailar la samba en cinco minutos. Ten fe, tu cuerpo está hecho para bailar.

La corriente eléctrica estalló cuando Nic le acarició una rodilla dibujando pequeños círculos con el pulgar. A Pia se le disparó el pulso y deseó tenerlo dentro de ella con tal fuerza que apenas podía permanecer quieta. Apenas podía respirar si él no la tocaba.

–¿El club al que vamos es de tu propiedad? –preguntó ella por decir algo.

–Sí. Barcelona es una de mis ciudades preferidas. Un amigo mío, actor, se quejó de la falta de un buen club para bailar. Y así abrí Una Hermosa Pasión.

El coche se paró frente a un elegante club nocturno ante el que se aglomeraba mucha gente.

–¡Madre mía! –exclamó ella al ver la multitud–. ¿Es un lugar para famosos?

–Normalmente. Depende de quién esté en la ciudad.

Nic salió del coche y le ofreció elegantemente una mano a Pia.

Ella se la quedó mirando mientras intentaba ignorar las náuseas de su estómago.

–¿Pia?

Ella respiró hondo, le tomó la mano y salió del coche. Ante la avalancha de flashes de las cámaras, agachó la cabeza. No deseaba que nadie empezara a preguntarse quién era. Nic parecía estar acostumbrado a los focos, pero ella no. Prefería permanecer entre las sombras.

–Nic –susurró ella–. Esto no es una buena idea. La gente te conoce y se preguntará quién soy yo.

–Los únicos que me conocen son mis empleados –él se encogió de hombros–, y les pago muy bien para que no hablen. Están acostumbrados a clientes de alto nivel y dudo que nadie se fije en nosotros –Nicandro le sujetó la mano con fuerza para tranquilizarla.

«Vamos, Pia, no estropees tu última noche preocupándote por algo que quizás no llegue a suceder». No. Quería disfrutar de cada segundo. Vivir el momento. No esconderse.

Nic la condujo hasta uno de los reservados y se sentaron en un banco forrado de terciopelo.

–¿Qué tomas, Pia? –preguntó él mirándola con pasión y deseo.

–Elige tú. Esta noche no quiero tomar decisiones. Solo quiero sentir –su voz sonaba extraña, libre, como si su cuerpo estuviera haciéndose con el poder de su mente analítica.

Les sirvieron una bebida en copas de champán. Pia se tragó la suya de golpe.

–¡Vaya! Esto sí que es fuerte –exclamó, culpando al calor de su alocado gesto.

–Algo fuerte para una dama fuerte –murmuró él–. Ginebra, champán, limón y azúcar.

La forma tan sensual en que pronunció la palabra «azúcar», hizo que ella se sintiera embriagada y solo tuvo ojos para la oscura cabellera, las luces y la bronceada piel del cuello de Nic.

Tenía la sensación de estar subida a una montaña rusa en la que deseaba ir más deprisa.

Él la pilló mirándolo fijamente y enarcó una ceja. Pia desvió la mirada, más que alterada por la total falta de moralidad. Se estaba comportando como una especie de... «¿qué, Pia, una fulana?».

No, no iba a caer en la trampa. ¿Cómo lo había expresado Nic? Ser afectuosa, desear una caricia. Nunca había tenido nada de eso. Por eso se había sentido tan sucia al ser utilizada por Ethan, pero Nic tenía razón. No había nada sucio en eso.

Y la prueba era la cantidad de parejas que bailaban sensualmente al ritmo de la samba.

Se centró en los que parecían ser amantes. El hombre besaba a su pareja y la miraba con pasión, en una promesa del placer que les aguardaba. Así le gustaría estar con Nic.

–Les estás mirando con intenso deseo, Pia. ¿Qué hay en esa bonita cabeza tuya?

Pia fue incapaz de articular palabra y tragó nerviosamente.

–A lo mejor ya estás preparada para bailar, ¿es así?

–Ahora o nunca –contestó ella. Algo le decía que aquella noche era su última oportunidad con ese hombre y por lo menos disfrutaría de la sensualidad de sentir su cuerpo frotándose contra ella, aunque fuera vestido del todo. Tendría que bastarle con eso.

Se dirigieron a la pista de baile y, antes de que ella se diera cuenta, Nic había tomado el control.

Agresivo y dominante, le rodeó la cintura con un brazo y la atrajo hacia sí, aplastándole el pecho contra su torso. Luego, le tomó la mano derecha en una silenciosa promesa de que no la dejaría caer. Se miraron a los ojos y ella supo que jamás se volvería a sentir de ese modo.

–Eso es, querida. Relájate. Cédeme todo el control.

Pia se aferró a él, deleitándose en la sensación que le producían los fuertes músculos del brazo bajo su mano. Él la guiaba en un baile que era pura sensualidad y pecado.

Y, así sin más, ella se descubrió bailando y más conectada a otra persona de lo que lo había estado en su vida.

Apretándose contra el atlético cuerpo, respirando

entrecortadamente, con los pechos hinchados y los pezones duros, todo su cuerpo le suplicaba que la tocara.

Era como bailar con el demonio. Cada movimiento de Nic era una invitación al vicio, sus caricias estaban cargadas de peligro, el ardiente cuerpo creado para la lujuria.

Y, en ese instante, se dio cuenta de que les estaban observando.

–La gente nos está mirando –jadeó ella.

–Están obscenamente celosos de mí, querida. Por no decir excitados –y no eran los únicos.

Nic la sujetaba con firmeza, aunque también con delicadeza, como sujetaría un músico su más preciado instrumento, y ella sintió un placer casi orgásmico. De repente, se sintió fuera de control.

–¿Nic? –la tensión sexual había aumentado a proporciones insospechadas.

Sus cuerpos estaban pegados de la cintura para arriba y la mejilla de Pia descansaba sobre la de Nic. El masculino aroma la mareaba y al absorberlo por la boca, pudo saborearlo.

Una escena se abrió paso en su mente: Nic abrazándola, desnudo, bailando en la cama.

Lo siguiente que supo fue que estaba de puntillas besándolo en los labios. «Bésame, por favor».

Él pareció dudar un instante hasta que, por fin, hundió las manos en los rubios cabellos y deslizó la lengua al interior de su boca. La pasión con la que ella le devolvió el beso la llevó al borde del desmayo.

Ante la maestría de esos labios, Pia sintió un intenso dolor entre los muslos. Vacío y deseo. La impaciencia se acumuló en la base del abdomen, cargada de frustración y calor.

Pia se retorció contra él, acariciando la gran erección que empujaba contra ella.

–Por Dios, Pia, me estás matando –gruñó Nic mientras la acariciaba con manos temblorosas.

Las caricias resultaban eléctricas y parecían estar por todo su cuerpo. Olympia necesitaba que le hiciera algo. Que la tomara.

Nicandro había estado en lo cierto al afirmar que Pia no cedía el control fácilmente, temerosa de que le hicieran daño. Pero al ceder ese control a Nic, él le devolvería algo que necesitaba mucho más: la seguridad de que lo que ella tenía que ofrecer de sí misma valía la pena.

–Te deseo, Nic –susurró ella contra la fuerte mandíbula mientras los últimos vestigios de duda desaparecían–. Tómame –le suplicó.

En el rostro de Nicandro se dibujó su lucha interna y ella lo contempló en silencio.

Hasta que su corazón empezó a sonreír.

Él intentó negarse, aguantar, pero en cuanto se hubieron sentado en la limusina, Pia se sentó a horcajadas sobre él. Y los fuegos artificiales estallaron. A fin de cuentas solo era humano, y desesperado por tenerla desde el día que la había conocido.

La erección presionó contra las braguitas de satén y su boca devoró la de Pia.

Por primera vez en su vida fue incapaz de refrenar sus impulsos, la urgencia carnal de su cuerpo era más fuerte que su férrea fuerza de voluntad.

Todo era manos, bocas y caderas basculantes, murmullos, súplicas y palabras sin sentido. Lo único que les interesaba era el placer y su mutua liberación.

El deseo se volvió tan intenso que Nic temió sufrir un infarto, y no sabía cómo podría aguantar el trayecto de ocho minutos.

A sus oídos llegó el sonido de ropa desgarrándose y sintió unas ávidas manos sobre el torso.

–Pia, relájate o te juro que estarás tumbada en el suelo en menos de diez segundos.

Al parecer, la idea que Pia tenía de la relajación no se parecía en nada a la suya, pues deslizó los labios por el torso y lamió el bronceado pezón.

Nic siseó, pero el sonido quedó ahogado al sentir unas manos sobre la cinturilla del pantalón.

Tenía que pararla, pero no quería. Solo quería sentir esas ardientes manos sobre él, los dedos rodeando la gruesa erección. Justo así.

Bajó la mirada. Craso error, pues lo que vio fue a Pia lamiéndole el ombligo antes de seguir hacia abajo...

–Pia... –él gruñó una advertencia.

–He deseado hacer esto desde que te vi atado a la silla –contestó ella con esa voz grave y sensual que lo volvía loco–. ¿Ya me deseabas entonces? ¿Me veías haciéndote esto?

–Sí. ¡Sí!

La húmeda y ardiente lengua se deslizó sobre su masculinidad y todo pensamiento desapareció de la mente de Nic. Y, cuando ella abrió la boca, se le nubló la visión.

–Pia... –él apretó los dientes con fuerza hasta que no pudo más y soltó un grito–. Párate.

Pero sus manos parecían tener vida propia, pues se hundieron en los rubios cabellos mientras, suavemente, basculaba las caderas para hundirse en la húmeda caverna de su boca, suplicándole más intensidad, hasta que echó la cabeza hacia atrás y jadeó ante el perverso placer.

¿Qué le estaba haciendo esa mujer en el asiento trasero de la limusina? ¿Qué vería la gente de no llevar los cristales tintados? Sin previo aviso la electricidad lo inundó y su cuerpo se tensó.

–Pia, es demasiado, voy a... tienes que apartarte, ahora.

Pero ella no se apartó. Se limitó a gemir de placer. Y llegó. El cuerpo de Nic se convulsionó ante un explosivo orgasmo, a la vez inesperado y anticipado, que lo dejó sin respiración.

Al cabo de un rato, el corazón empezó a recuperar su ritmo normal y Nic pensó que quizás sería capaz de hablar.

–Ha sido increíble. Eres increíble –Nic tiró de ella para sentarla de nuevo sobre el regazo–. Te quiero desnuda, en mis brazos, y en mi cama. Quiero que tus gritos resuenen por toda la habitación, y esto no tiene nada que ver con la apuesta. Concedámonos esta noche, Pia.

Ya encontraría otro modo de llegar a Zeus sin utilizar a Pia. Con ella tenía que ser sincero.

Ella se echó hacia atrás con gesto confuso antes de adoptar una expresión de felicidad.

–¿Lo dices en serio? –susurró esperanzada.

–Completamente.

Ella lo besó lenta y dulcemente, casi tímida, vulnerable.

Nicandro la sujetó con fuerza, saboreándose a sí mismo en su lengua, deleitándose en una tierna intimidad que no había conocido jamás. Esa mujer era impredecible, y eso era lo que más le gustaba, y más temía, de ella.

Pia se aferró a los fuertes brazos. Pero en el instante en que él la tumbaba sobre el asiento del coche, la limusina se detuvo.

–*Gracas a Deus*. Justo a tiempo.

Nic la contempló, la espalda arqueada, la cabeza ladeada, y supo exactamente lo que ella quería. Quería que Nic tomara el control, que le mostrara todo el placer que le había prometido.

–Te deseo, Nic –ella le tomó el rostro entre las manos–. Quiero que me tomes.

–Sin presiones.

–Tú tómalo todo –Pia se rio–. Derrite el hielo de mi interior. Hazme sentir viva, tan solo una vez.

«Lo deseo. Lo necesito». Era casi cómico, como si la necesidad elemental fuera una opción.

El deseo era terrible y hermoso, algo que se había jurado no volver a sentir jamás. Lo cierto era que no podía comparar a Nic con un pasado que no había sido más que una puerta hacia el corazón roto. Una puerta que había cerrado para no abrir jamás, y sin embargo...

Nicandro le había prometido que no habría trato, ningún juego. Iban a olvidar el mañana y a vivir aquella noche. Si él la deseaba tanto, tenía que significar algo.

Por la mañana le entregaría a Zeus y Nic confiaría en ella. Hablarían y lograrían solucionarlo.

Pia estaba tan tensa que el timbre del ascensor al cerrarse las puertas le hizo dar un salto. Pero allí estaba Nic, sujetándola por la cintura, levantándola en sus brazos hasta que las bocas de ambos estuvieron al mismo nivel, y besándola con pasión, excitándola hasta el límite.

Ella estuvo a punto de explicarle que no existía esa opción.

–Nos vamos en veinte minutos. Voy a darme una ducha rápida.

Ese hombre era el sexo personificado y la idea de pasar otra noche sola en la enorme cama, recordando cómo la había besado, recordando la erección presionando contra ella en la cabaña, era una nueva forma de tortura.

Nic se quedó parado, mirando al frente, con el estrés reflejado en sus ojos.

–¿Va todo bien, Nic?

Al fin la miró a los ojos y su boca se abrió, como si estuviera a punto de decir algo. Algo importante a tenor del ceño fruncido y la mandíbula encajada. Pia se sintió al borde del precipicio. Sin embargo, él no contestó y, apretando los puños, se dirigió al baño.

Ella dejó escapar el aire que no era consciente de haber estado conteniendo.

–Por cierto –gritó él desde la ducha–. Hay una caja sobre tu cama. Lo necesitarás esta noche para el club de samba.

Pia se dirigió al dormitorio, intentando no correr como una niña el día de Navidad. Sobre las sábanas blancas de la cama había una caja de la tienda que habían visitado hacía dos días.

Un regalo. Nic le había comprado un regalo. El hombre que le había salvado la vida, el que la deseaba como ningún otro. El momento le pareció de lo más trascendental.

Abrió la caja y contuvo la respiración mientras se le llenaban los ojos de lágrimas. Con manos temblorosas sacó un precioso vestido rojo con el corpiño de

tante consideró la posibilidad de que aquello pudiera significar algo más.

Nicandro se agachó y comenzó a besarle las costuras de las medias con dulzura.

Los ardientes jadeos de Pia empañaron el espejo y ella misma contempló su mirada violeta oscurecerse a medida que la boca de Nic ascendía hasta el límite entre el muslo y el trasero.

–¿Nic? –los estremecimientos se concentraron en los suaves pliegues de su feminidad. Necesitaba a ese hombre dentro de ella, llenándola–. ¡Por favor!

Él le separó las piernas y ella maldijo los altos tacones sobre los que apenas conseguía mantener el equilibrio mientras él le acariciaba su punto más húmedo y ardiente.

–¡Dios mío, Nic!

–Casi –murmuró él besándole el cuello–. Pero no te voy a dejar llegar aún, Pia. Te lo prohíbo. Tendrás que esperar a que me hunda en tu interior.

–Te odio –susurró ella.

La risa de Nicandro fue interrumpida por el timbre del ascensor. A Pia se le doblaron las piernas.

–¡Eh! De eso nada, bonita –Nic la tomó en sus brazos y la llevó hasta el dormitorio, tumbándola luego sobre la cama, donde ella se retorció de placer bajo la mirada de color whisky–. Esta imagen no la olvidaré jamás –susurró él con voz ronca mientras se desnudaba.

Ella permaneció sin aliento, con la piel abrasada por la mirada de Nicandro.

Lascivo y lobuno, la sonrisa de los labios de Nic resultaba embriagadora. El último vestigio de cordura de Pia desapareció cuando él tomó su propia masculinidad en la mano y la frotó con el pulgar.

Era como si Pia fuera una cajita de música y él le estuviera dando cuerda. La tensión se hizo tan fuerte que temió la inevitable liberación.

Y, de repente, se encontró atrapada entre la suavidad de las sábanas y la dureza del hombre.

–A ver por dónde empiezo, querida –susurró Nic.

De los labios de Pia escapó un gemido. Le daba igual lo que le hiciera, mientras le hiciera algo.

–Creo que estás demasiado a punto para seguir jugando –gruñó él antes de besarle el cuello.

Pia se retorció, buscando sus labios, pegándose a él, basculando las caderas.

–Hazme el amor como me prometiste –le suplicó–. Por favor, Nic, por favor.

Él le sujetó los brazos y se hundió en su interior en una única y fuerte embestida.

Sus miradas se fundieron, whisky y violeta, y compartieron un único aliento en un momento tan intenso que a ella no le sorprendió la lágrima que se deslizó por su mejilla.

Y, de repente, se le ocurrió que había cometido una terrible falta de juicio. Una noche jamás bastaría. Soñaría con ese hombre hasta el fin de sus días.

Nic le apartó los húmedos cabellos de la frente y la ternura del gesto le hizo girar la cabeza.

–No, Pia, no hagas eso. No te escondas de mí. Esta noche no.

–Te... te necesito.

En cuanto volvió a mirarlo, Nic empezó a moverse, llevándola al cataclismo hasta que ella se retorció bajo su cuerpo y las embestidas se volvieron más profundas, más fuertes de lo que hubiera conocido jamás.

Quería tocarlo, sentir los fuertes músculos bajo sus dedos, pero él seguía sujetándole las manos por encima de la cabeza con una mano mientras que con la otra le acariciaba un pecho.

Un gemido resonó en la habitación cuando tomó el pezón con la ardiente boca.

–Nic, Nic –susurró ella una y otra vez, avivando el fuego.

Pero Nic no aceleró el ritmo, lo ralentizó, como si supiera que estaba a punto de llegar y quisiera prolongar el momento.

–Un poco más y te dejaré volar –la voz de Nicandro sonaba temblorosa por el esfuerzo de contenerse.

–Nic... ¡por favor!

–Qué hermosa eres –murmuró él.

Pia inclinó la cabeza buscando su boca, y él le dio lo que necesitaba, hundiendo la lengua en su boca al mismo tiempo que se hundía en su interior, frotando el sensible núcleo una, dos veces.

–¡Nic!

–Ya puedes llegar. Ahora.

El grito que surgió de la garganta de Pia pareció salir directamente de su alma.

Los estallidos de placer atravesaron todo su cuerpo, privándole de aliento, nublándole la visión. La vida pareció extinguirse durante largos e interminables instantes.

Nic se elevó sobre ella en busca de su propio nirvana. Tomó sus labios en un profundo beso cargado de desesperación y la abrazó con reverencia, haciéndole sentirse aceptada, valiosa, deseada.

Los gritos de Nicandro solo fueron igualados por la intensidad de su orgasmo y Pia deslizó la lengua por sus labios para saborear el placer, un éxtasis que solo ella le había dado.

La sobrecogedora cacofonía de emociones, alegría y miedo, adoración y sorpresa, cayeron sobre ella antes de elevarse y escapar en un suspiro sospechosamente parecido a un sollozo. Nic la abrazó con fuerza. Y así llegaron a la culminación de una increíble noche que Olympia hubiera querido detener en el tiempo para siempre.

Capítulo 12

QUIÉN habría pensado que Nicandro Carvalho era de los que abrazaban?

Pia sonrió al recordar la noche que había pasado con ese hombre, haciendo el amor en todas las formas y posturas imaginables. Un minuto era dominante y posesivo, y al siguiente era tierno y amoroso. Jamás se habría imaginado que se podía hacer el amor de tantas maneras diferentes, aunque a lo mejor solo Nic era capaz de ello.

Sin embargo, una oscura nube se cernía sobre ella, mitigando su felicidad. Se había terminado. Era hora de regresar al mundo real, al trabajo, revelar la verdad sobre quién era Nicandro.

Soltándose del abrazo, saltó de la cama, deliciosamente dolorida y sensible y, arropándose con una esponjosa bata, se dirigió a la cocina en busca de su primer café.

Diez minutos después se sentó ante la mesa de cristal, café en mano, y encendió el ordenador para consultar la sección financiera del periódico del sábado.

Eros International había sufrido otra caída, comprobó con una sacudida en el estómago, aunque el estado de Merpia parecía aceptable. De repente se detuvo, con el corazón acelerado, al ver el nombre de Nic.

Las acciones de Goldsmith suben ante la noticia de la fusión tras el matrimonio del magnate del negocio inmobiliario Nicandro Carvalho.

Con creciente angustia, Pia pasó de una información a otra y acabó en las páginas de sociedad de Nueva York. El nudo que tenía en la garganta apenas le permitía respirar y el corazón le latía tan deprisa que casi no veía la pantalla.

Carvalho de juerga por Barcelona con una misteriosa rubia.

La heredera de Goldsmith abandona la mansión Fortuna de incógnito. ¿Oculta sus lágrimas?

El multimillonario Nicandro Carvalho visto en su club nocturno de Barcelona con una nueva amiga. ¿Quién es?

–¡Oh, Dios mío! –exclamó Pia mientras se tapaba la boca con una mano y las lágrimas le quemaban los ojos hasta emborronar la fotografía publicada de ella con Nic. Parecía una fulana. La fulana que su padre le había acusado de ser. ¡Y se sentía como una fulana!

Esa chica, la que se suponía iba a casarse con Nic, aparecía compungida, rodeada por una horda de fotógrafos.

Había llegado a pensar que había algo entre Nic y ella.

¿No había aprendido nada? ¿No le había enseñado nada el pasado?

Pia se levantó con tanta fuerza que la silla salió despedida. Secándose las lágrimas con rabia, se dirigió al dormitorio. No iba a llorar delante de él. El sonido de su móvil la detuvo. El mismo sonido que había estado ignorando durante casi toda la noche. Algo que no había hecho jamás.

–¿Pia? ¿Has escuchado mi mensaje? –sonó la voz de Jovan–. Dime que ya no estás con él.

Odiándose y humillada hasta límites extremos, el dolor estaba a punto de romperle los huesos.

–Pia, ¿sigues ahí? No me puedo creer que siga vivo. Estuve allí, Pia, en la mansión Santos. ¡Estuve allí! ¿Y dónde estás tú, maldita sea?

–En la cama con el enemigo, ¿no es cierto?

Capítulo 13

Torre Eiffel. Lunes a las seis de la tarde.
Zeus estará allí.

La única evidencia de que su presencia en Barcelona no había sido un sueño era el vestido rojo y cada prenda que él le había comprado. Junto con el dulce aroma que persistía en su piel.

Nic salió del ascensor de la torre y se dirigió al balcón para apreciar las impresionantes vistas.

Agarrado con fuerza a la barandilla, el viento le azotaba el rostro y el abrigo apenas conseguía mantenerlo caliente mientras las sombras del pasado le rodeaban peligrosamente.

Sin duda, Pia había visto las fotos publicadas en toda la prensa. La noticia sobre su matrimonio. Aún no había dado el visto bueno definitivo y, por él, Goldsmith podía irse al infierno.

«Deseas Diamantes Santos con tanta fuerza que te casarías con el mismísimo diablo».

Cerró los ojos y se apretó una mano contra el estómago, en un intento de mitigar la creciente tristeza. Una noche con Pia y nada parecía igual. Hundirse en su interior había sido la cosa más perfecta, importante y desgarradora que había hecho jamás.

–Hola, Nicandro.

Se le paró el corazón. Zeus no iba a aparecer.

Pero para Pia su palabra era sagrada, y cuando contempló esos cabellos perfectamente recogidos, el traje negro de diseño, el abrigo de cachemir, los ojos fríos, lo comprendió todo.

Pequeños detalles de conversaciones, documentos, el toque femenino. Las piezas encajaron.

–Buenas tardes, Olympia –apenas podía hablar–. ¿O debería decir Zeus?

–Puede llamarme como quiera, señor Carvalho, siempre que me diga la verdad.

–¿Antonio Merisi está muerto? –Nic sonrió amargamente, con el mundo abriéndose bajo sus pies.

–Sí.

Trece años esperando ese momento para asegurarse de que Antonio Merisi sufriera una décima parte de lo que había sufrido Nic, o Avô, y nunca había considerado esa posibilidad.

Nic se dijo que debería sentir algo. Ira. Rabia. Odio. Pero su cuerpo estaba adormecido. Por suerte, los sentimientos que Pia le había inspirado estaban igualmente adormecidos.

–Murió de un infarto hace cuatro años. Desde entonces soy yo quien controla sus empresas, además de las mías. Sin olvidar Q Virtus.

Sus miradas se encontraron y Nic supo lo que seguiría.

–¿Eres tú el responsable del revuelo que está a punto de hundir mi club, Nicandro?

–Sí.

–¿Intentas destruir mi mundo, Nicandro?

–Sí –de nada servía negarlo–. Pero no era tu mundo, Pia. No ante mis ojos.

–Yo creo que sí. Sabías lo que me unía a Zeus. No abramos todavía la puerta del pasado. Finjamos que mi padre está aquí para responder por sus pecados. ¿Qué te he hecho yo? ¿Qué odioso crimen podría haber cometido para que te vengaras en mi cuerpo y mi mundo?

–No era con respecto a ti, Pia. No fue nada perso...

–¡No me digas que no fue nada personal, Nic! –la gélida mirada se oscureció–. Lo convertiste en algo personal en cuanto tu boca rozó la mía. Lo convertiste en personal cuando me tomaste.

Nic cerró los ojos y tragó con dificultad. ¿De qué serviría negarlo? En el fondo, ella tenía razón.

–Es verdad. En cuanto descubrí que eras su hija, decidí destruirle y tomar de ti lo que quisiera, igual que él me quitó lo que quiso.

–¿Y qué le quitó mi padre, señor Santos?

–Todo mi mundo.

–Y aun así, aquí estás. Un hombre nuevo.

–¿Cómo...? –le había llamado Santos.

–Mientras yo me enamoraba de ti, Jovan escarbaba en tu vida. En Zanzíbar le pedí que comprobara lo sucedido con Diamantes Santos. ¿Te puedes creer que Jovan me mintió aquel día? Tardaré mucho tiempo en superar esa traición.

Las implicaciones de lo sucedido alcanzaron a Nic con la misma fuerza que la bala que le había atravesado la espalda hacía tantos años.

–Me dijo que no tenía ni idea de lo sucedido con Diamantes Santos. Y resulta que estuvo allí.

–¿En la casa? –Nic frunció el ceño y sacudió la cabeza–. Lo habría reconocido.

Sin embargo, trece años era mucho tiempo. Además, en Zanzíbar había estado demasiado ocupado con su ataque de celos para ver más allá de la relación entre Jovan y Pia.

–Estuvo allí. Creyó verte muerto aquel día.

A Nic le pareció oír resquebrajarse la armadura de hielo, pero la fachada seguía intacta. Echaba de menos su risa, el fuego de su mirada. Todo había desaparecido por su culpa.

¿Cuándo se había convertido en el hombre que apenas reconocía? Un hombre que se vengaba a costa de una mujer inocente. ¿Tanto daño le habían hecho años de resentimiento y obsesión por vengarse?

–Sé que mi padre jugó sucio con el tuyo. Sé que tus padres murieron aquel día y yo... –a Pia se le quebró la voz–. Yo lo lamento de todo corazón. Pero no sé nada más y, considerando que Jovan permaneció fuera de la mansión hasta casi el final, nunca lo sabré. Tienes mi palabra de que no diré nada. Solo te pido que hables con Jovan. Él tenía órdenes de permanecer allí y cobrar la deuda, y sé que lo sucedido le ha atormentado desde entonces. Quiere disculparse, explicarse.

Pia se desmoronó.

Acababa de descubrir que su padre había sido un avaricioso y despiadado criminal. Un hombre que había enviado a sus chivos expiatorios a cobrar una deuda que él mismo había provocado. Y todo porque deseaba Diamantes Santos. En veinticuatro horas, Nic la había traicionado, había perdido la confianza en Jovan, y su padre había vuelto a morir para ella.

–Pia, bonita, lo siento... –Nic le tomó el rostro entre las manos.

–Por favor, no me toques –ella se apartó–. Ni siquiera sé quién eres –cerró los ojos durante un instante–. No tengo ni idea de con quién compartí el lecho. Qué parte fue verdad, si es que hubo alguna, y qué parte traición.

–Pia, por favor –él apenas podía pronunciar palabra–. Deja que te lo explique.

–No. Jovan espera en una limusina negra al pie de la torre. Te ruego que hables con él y deseo que encuentres la paz en tu...

El pecho de Pia se movió aceleradamente, como si estuviera conteniendo un sollozo.

–Adiós, Nic –susurró antes de darse media vuelta y marcharse.

Capítulo 14

LA OSCURIDAD había descendido sobre París. Elegantemente iluminada, la Torre Eiffel lucía magnífica, la perfecta imagen de la romántica ciudad, ignorante de que el corazón de Pia se había hecho añicos en su cima.

Guardó los últimos documentos en la cartera. Junto a la puerta, las maletas aguardaban.

Sentía una profunda tristeza, nada que ver con lo que había sentido tras su última relación.

No había estado preparada para el caos que podía desatar Nic, pero al exponer la cruda realidad y sus terribles implicaciones, era evidente que Q Virtus no podía seguir existiendo. Era la única promesa realizada a su padre y le había fallado.

Su padre. El brillante e impredecible descendiente de una larga dinastía de mafiosos griegos. Inmensamente ricos, intocables criminales.

¿Cómo era posible? Cierto que había sido un hombre estricto y frío, pero ella lo había creído honrado de corazón. La había acogido, salvado la vida, y ella había dedicado años a intentar recompensarle por ello y ganarse su orgullo. Sin embargo, nada de lo que hubiera logrado le había parecido suficiente. ¿Cómo se había atrevido a llamarla basura con la vida que había vivido él?

Un fuerte golpe de nudillos en la puerta la arrancó de sus pensamientos. Tras ponerse el abrigo, tomó el maletín y se dirigió a la puerta de la suite. Tenía un vuelo que tomar.

Sin embargo, al abrirla, Pia se tambaleó, segura de estar viendo visiones.

Pero no. Era él. Ante su puerta, con el mismo abrigo negro y el mismo dolor en la mirada.

Parecía muy cansado, agotado. Y ella sintió que volvía a estallarle el corazón.

Nunca había considerado la posibilidad de que Nicandro Carvalho hubiera sufrido tanto. Normalmente, mostraba una fachada brillante, como una estrella. Pero de repente todo brillo había desaparecido, dejando una pátina deteriorada y fría.

Pia quiso abrazarlo, acariciarle los cabellos y calmar su dolor. Sin duda debía de ser masoquista, pues para él no había sido más que un medio para alcanzar un fin.

–¿Qué haces aquí, Nic? –Pia alzó la barbilla desafiante–. No tengo nada que ofrecerte.

¿La había deseado realmente? Todo había parecido muy real y aún no podía creerse cómo había caído en la trampa de su hechizo.

–¿Puedo entrar un momento, Pia?

Ante la duda de la joven, él le suplicó con la mirada.

–Por favor, querida, necesito explicártelo. Y también hablarte de Goldsmith. Te lo mereces.

Pia dejó la puerta abierta. Se apoyó contra la ventana, y se cruzó de brazos para no ceder a la tentación de suplicarle un abrazo. ¿En qué le convertía eso? En nada bueno.

Nic la siguió con paso titubeante, como si ya no estuviera seguro del lugar que ocupaba en el mundo. Había pasado trece años persiguiendo un objetivo para descubrir que no quedaba nada.

Y Pia odió a su padre. Por arruinar la vida de Nic, arrebatarle a sus padres, sus sueños.

–Q Virtus –comenzó Nic, lo último que ella había esperado oír de sus labios.

–Sí. Los rumores que conducirán a su caída son, en su mayoría, ciertos, diría yo. ¿Y tú?

–Sí, y a no ser que hagamos algo, el club desaparecerá.

–Ya lo sé, Nic. Te has ocupado de que los socios no confíen en mí, aunque no sepan quién soy.

–Exactamente. Esa es la respuesta, Pia. Tienes que dar la cara. Tenemos que arreglarlo.

–«¿Tenemos?» –ella se rio amargamente–. Estoy sola en esto, Nicandro. No puedo revelar mi identidad. Lo perdería todo. Además, ¿qué importa ya? Tú te has encargado de eso.

Ella dio un respingo ante su propio tono de voz. Lo cierto era que no podía culpar a ese hombre de nada. Había perdido demasiado en una noche. Y todo por la codicia de su padre.

–Según las arcaicas normas del club, solo un Merisi varón puede dirigirlo, y mi pasado es tan... –ella suspiró–, sucio. No te culpo, o puede que sí, y entiendo tus motivos. Pero tampoco quiero volver a verte. De modo que si solo has venido por eso...

–Pia, escúchame.

Ahí estaba. El tono Carvalho que siempre le hacía estremecerse.

–Las viejas normas del club están obsoletas, ¿y quién

mejor que tú para cambiarlas? Tú dictas las normas, Pia. ¡Cámbialas! Muéstrate ante ellos. Acaba con los rumores. Nadie que esté en su sano juicio se marchará. Para más de uno, es más importante confiar en una mujer como tú que en el fantasma de un hombre sepultado en basura.

–Mi pasado no es mucho mejor.

–No lo hagas, Pia –la interrumpió él–. No te rebajes a ese nivel. ¿Sabes lo que pienso?

–Nunca he sabido qué había dentro de esa cabeza, Nic. Eres un libro cerrado.

–Ya no. Pasa cualquier página y te leeré lo que pone.

–No me interesa –«mentirosa».

–Sin duda te has convencido a ti misma de que no eres lo bastante buena. Te avergüenzas de tu pasado. Creo que tu padre te hizo así en lugar de explicarte lo orgulloso que estaba de ti.

Cuando Nicandro hablaba en ese tono resultaba realmente intimidante, siniestro y tórrido.

–¿No lo entiendes? Ese maldito hipócrita sigue controlándote desde la tumba. No solo trabajas hasta la extenuación, Pia, te escondes tras una cortina de vergüenza, cuando seguramente eres una de las mujeres más ricas y triunfadoras del mundo.

Sorprendida, ella pestañeó. Nicandro tenía razón. Nunca se paraba, siempre trabajaba y, por mucho éxito que tuviera, nunca bastaba. ¿Por qué no podía sentirse orgullosa de sí misma?

–Fuiste tú quien abrió las puertas a los miembros femeninos, ¿verdad? –preguntó él.

–Sí. Lo hice en un intento de llevar el club al siglo XXI. Pero no ha sido nada fácil.

–Lo sería más si te hicieras visible. Tienes más fuerza y honor que la mayoría de los hombres que conozco. El modo en que diriges tus empresas, el club... Me siento muy orgulloso de ti.

–No digas eso –protestó Pia. «No me hagas creer otra vez que te importo. No lo soportaré».

Nic dio un paso hacia ella y le tomó el rostro entre las manos ligeramente temblorosas.

–Jamás he deseado a una mujer como te deseo a ti, Pia, y eso es cierto. No quiero que pienses jamás que no has significado nada para mí.

Inconscientemente, Pia frotó su mejilla contra la mano de Nic, desesperada por sus caricias.

–Creo que deberías marcharte –ella intentó en vano impregnar su voz de un tono de firmeza.

«Márchate, por favor». La había utilizado desde el principio. Y se iba a casar con otra.

–Pia –él le besó dulcemente la frente, la mejilla, antes de mirarla con expresión atormentada.

–Siento mucho que perdieras a tus padres de ese modo –las palabras surgieron a borbotones de los labios de Olympia–. Siento que te arrebataran tus sueños aquella noche. Siento que él destruyera esa vida. Pero me alegro de que hallaras la fuerza para soportarlo y resurgir.

–Pia... –los ojos de Nic se llenaron de lágrimas.

–Márchate. Cásate con tu dulce prometida. Sé feliz, como lo seré yo.

–¡Yo no he accedido a casarme con ella! –exclamó él–. No me habría acostado contigo de estar prometido a otra. He obligado a Goldsmith a retractarse, a aclarar que estamos negociando.

–¿Negociar? ¿De verdad quieres algo tan impersonal? –no encajaba con Nicandro, a no ser...–. ¿La

–Rodéame con tus piernas, bonita. Quiero sentirte.

Ella obedeció y sintió que un estremecimiento le recorría la columna vertebral.

Nic la besó desde el cuello hasta el pecho, que se movía agónicamente de deseo.

–Necesito mirarte.

Fue la única advertencia antes de dejarla en el suelo y arrancarle los tirantes del vestido.

–Tengo tanta hambre que podría devorarte viva.

Un remolino rojo cayó al suelo. Y, cuando Nic dio un paso atrás para mirarla, Pia comenzó a temblar y deseó cubrirse. Era más generosa de curvas que sus habituales conquistas.

–Mírate, Pia. Me dejas sin aliento.

Ella alzó la mirada tímidamente y lo que vio en los ojos de Nic derritió los últimos restos de hielo de su corazón. Había veneración. Feroz deseo.

Él alargó un dedo y trazó una línea imaginaria desde el cuello hasta el pecho, y continuó hasta el comienzo de las braguitas.

–Me estás matando –gimió–. Esas medias... Voy a dejártelas puestas, querida. Date la vuelta.

Pia sintió desgarrarse las braguitas y le dedicó lo que esperaba fuera una mirada cargada de seducción mientras se giraba y apoyaba las manos contra el espejo del ascensor. Jamás se había sentido tan confiada, provocativa, sexy, locamente excitada.

–Que el cielo me ayude –gruñó él–. Creo que he vuelto a llegar.

Pia se rio sin poder evitarlo y observó el reflejo de Nic en el espejo. Aparte del deseo y el fuego había algo más en su mirada. Afecto y un orgullo que hizo que el corazón saltara a su garganta. Y durante un ins-

amas? –susurró ante el dolor que le provocaba formular la pregunta.

Y entonces lo supo. Supo que se había enamorado locamente de ese hombre. Estaba ante él, desnuda y temblorosa, recién nacida e indefensa. ¿Cómo había podido ser tan estúpida?

–No, no la amo, Pia. Quiero recuperar Diamantes Santos por mi abuelo. Se lo prometí.

Pia frunció el ceño. Intentaba encajar las piezas, pero antes siquiera de poder abrir la boca y preguntarle de qué demonios hablaba, él agitó los brazos en el aire con su brasileña pasión.

–¡Y, maldita sea, no quiero sentirme así!

–¿Así? –ella contempló atónita la expresión de tormento de los ojos de Nicandro.

–No quiero sentir esta agonía cada vez que te miro. Esta obsesión por tenerte en mis brazos. Este deseo de tomarte ahora mismo. Cada vez que te toco, te beso, veo tu sonrisa, oigo tu risa, y sé que en cualquier momento se acabará, siento que me va a estallar el corazón. Pia... –él redujo la distancia que los separaba y tomó sus labios con fuerte desesperación.

Ella intentó resistirse, pero era la primera vez que se sentía viva desde que lo había abandonado.

Aunque sabía que la estaba utilizando otra vez para sentir algo que no fuera dolor, se lo permitió.

Cayeron sobre la cama, piel con piel, buscando consuelo. Él se introdujo dentro de ella, ora lentamente, ora furioso y salvaje, liberando todas las emociones sobre ella a un tiempo.

–No pretendía que fuera así –susurró él.

Aquello no había sido sexo, ni hacer el amor, había sido Nic arrancándole el alma con su adiós.

–Por favor, dime que no te he hecho daño.

–No me has hecho daño. Jamás podrías hacerme daño –ella susurró las mentiras mientras las lágrimas surgían a borbotones de sus ojos.

–Antes me moriría –juró él mientras el clímax estallaba en su interior.

Pia lo siguió hacia la luz, esa supernova que brillaba para morir como si nunca hubiera sido.

Y, cuando se despertó, él se había marchado, dejando de nuevo su corazón frío. Congelado.

Capítulo 15

AVÔ le dio una palmadita a Nic en el hombro, provocándole un sobresalto.

–Ha llegado algo para ti.

–No –Nic ni siquiera miró hacia la horrible mesa de los Goldsmith–. Que lo abra Eloisa –a las mujeres les encantaba abrir regalos y esa en concreto no disimulaba que se casaba por dinero.

¿Era justo casarse con una mujer y soñar con otra? Todo aquello se le antojó una farsa.

–No es un regalo de boda.

–¿De repente has desarrollado habilidades psíquicas, Avô?

–Todavía puedo darte unos buenos azotes en el trasero, jovencito –el anciano lo miró irritado–. Quiero saber qué demonios hacemos aquí, porque das la impresión de tener una pistola apuntándote a la sien y empiezo a ser demasiado viejo para recoger tus pedazos otra vez.

–Nunca te pedí que recogieras los pedazos –le espetó Nic, lamentándolo al instante.

Pasados diez días desde que dejara a Pia en aquella cama, aún se sentía morir.

–No, desde luego. Tuve que obligarte. Tuve que ordenarte que te levantaras y caminaras para que esos bastardos no ganaran. Tuve que decirte que buscaras una razón para vivir.

–Y lo hice.

–Sí –el anciano soltó una escalofriante carcajada–. La venganza. Sé muy bien qué te motiva. Y puede que incluso yo te animara a ello para que dieras un paso y luego otro –a Avô se le quebró la voz–. Al menos para que comieras, durmieras y te despertaras. Para no perderte a ti también.

Los ojos del anciano se llenaron de lágrimas y Nic sintió que se le encogía el corazón.

–Y te estoy muy agradecido por ello, Avô –asintió él con la voz quebrada.

–¿En serio? –preguntó el otro hombre–. Porque desde mi posición parece que estás eligiendo otra muerte. Una tortura más larga y una agonía más lenta. Para eso era mejor que te hubieras muerto sobre ese suelo junto a mi maravillosa hija y el inútil de su marido.

Una lágrima rodó por la mejilla del anciano y Nic sintió que perdía la compostura.

–Yo solo quería devolverte lo que perdiste. Diamantes Santos. El Imperio Santos.

–Excusas.

–¡No!

–¡Sí! ¡Tú no eres tu padre!

–No quiero hablar de mi padre –le espetó Nic lleno de odio.

–Puede que yo sí quiera.

–Por favor, no –le suplicó Nicandro. «Hoy no».

–Perdí a mi hija, Nicandro, y jamás podrás devolvérmela. Y, si sigues con esto, te perderé a ti también. ¿De verdad crees que el dinero y los diamantes pueden redimir las almas, remendar los corazones, reemplazar al amor?

¿Amor? ¿El amor era tocar el cielo para luego sufrir la tortura del infierno? No. El amor sin duda tenía que ser dulce y amable, no una locura obsesiva y posesiva. Antinatural.

Estar con Pia en Barcelona no le había parecido antinatural, todo lo contrario. Era cuando no la tenía a su lado cuando todo se iba al infierno.

¿Sería posible que hubiera abandonado a la única mujer que sería capaz de amar? ¿Merecía Diamantes Santos el sacrificio de renunciar a ella?

–¡No, no pueden! –rugió el anciano–. Así que te lo volveré a preguntar: ¿Qué hacemos aquí?

–Goldsmith es el propietario de Diamantes Santos y su hija será una esposa adecuada.

–Para muchos, seguro que sí. Pero ¿para ti? ¡Paparruchas! En cuanto a Diamantes Santos, ¿a quién le importan? Déjalo estar.

Nic cerró los ojos. Si abandonaba, sus acciones no habrían servido de nada y ¿qué le quedaría?

«Pia. Tendrías una vida con Pia», le susurró su vocecita interior. Eso, suponiendo que ella estuviera dispuesta a aceptarlo después de lo que le había hecho.

–Tengo miedo –admitió Nic ante la posibilidad de convertirse algún día en el hombre que había sido su padre al final. Un monstruo.

–En el extremo opuesto del miedo reside la libertad. Empezamos a vivir solo cuando dejamos de tener miedo. Quiero verte feliz antes de morir. Saber que existe ese alguien a quien no soportas perder. No pasar con esa persona cada instante de tu vida, es una tragedia imperdonable.

Pia se detuvo ante la puerta de la sala de juntas donde aguardaban los miembros de Q Virtus. Una silla estaría, afortunadamente, vacía. Dudaba poder hacerlo si Nic estuviera allí. La prensa de aquella mañana había estado dominada por las fotos de la feliz pareja en el día de su boda.

Debería odiarlo por desenterrar su soledad, ira, y darle esperanzas de ser amada, cuando lo cierto era que él no podría amarla. Ella no poseía el linaje de su futura esposa. Además, su padre había destrozado su familia. Nic solo podría contemplarla con resentimiento.

Le había llevado días de lucha interna tomar una decisión. Su mente deseaba que se pudriera en un miserable matrimonio, pero su corazón odiaba a su padre por haberlo colocado frente a ese altar. Al final había ganado el corazón y había ido a ver al abuelo de Nic.

Atractivo a sus setenta y tantos años, el demonio de hombre le había dado una paliza al Gin Rummy seguida de un beso de despedida. Al entregarle el collar de diamantes, el anciano la había abrazado con los ojos llenos de lágrimas.

También le había entregado una nota para Nic. Una nota en la que le pedía que le preguntara a Goldsmith cuántas acciones de Diamantes Santos poseía.

Para ella, el pasado ya estaba zanjado. Había llegado la hora de ocuparse del futuro.

Con la cabeza alta, respiró hondo y avanzó por el pasillo, oculta entre las sombras. Las puertas de la sala de juntas se abrieron y ella salió a la luz.

A su alrededor se oyeron exclamaciones de sorpresa. Aquello equivalía a una revolución, a un nuevo comienzo. Un nuevo comienzo para todos. Sin secretos, sin engaños.

Quería levantar el último velo. No quería ser Olympia Merisi, el hijo que su padre nunca había tenido. No quería permanecer en su torre de marfil, oculta tras una cortina de vergüenza. «¿Y qué pasa si el club cae?», susurró la vocecita. Pues, si caía, al menos habría hecho todo lo posible por ser sincera, y eso era más importante que mantener la promesa hecha a un hombre que no se lo había pensado dos veces antes de destruir a una familia solo por avaricia.

A pesar de todo, había querido a su padre, pero, tras doce años, consideraba la deuda saldada.

Lo que se disponía a hacer lo hacía por ella misma.

–Buenas noches, damas y caballeros –saludó con voz fuerte mientras miraba a cada uno de los asistentes a los ojos–. Soy Zeus. Y tenemos asuntos que discutir.

No lo había visto. Ni siquiera había mirado la silla vacía. Pia no necesitaba su fuerza.

Lo que esa mujer necesitaba era amor. Que alguien la cuidara y mimara. Necesitaba reírse y sonreír, dejarse llevar a caballo y vestir pantalones vaqueros, salir a bailar y permitir que Nic la hiciera sentirse viva. Lo necesitaba a él. Y Nic no tenía más que convencerla de ello.

En cuanto hubo anulado el simulacro de matrimonio, supo que deseaba pasar su vida con ella. Quería que estuvieran muy pegados, desnudos y húmedos en la cama. Y por la mañana quería besarla y adorar toda su belleza con tanta ternura que ella ni siquiera se despertaría.

Nic la observó manejar al público, hechizarlo. Declaró nulas las viejas normas en aras de los tiempos modernos en los que las mujeres tenían poder por sí mismas y podrían aportar mucho a Q Virtus.

En una maniobra perfecta, en lugar de marcharse por donde había llegado, Pia se acercó a estrechar la mano de los asistentes. Un hombre. Una mujer. Iguales en todos los aspectos. Una muestra de confianza para que supieran que dirigiría el club con honor e integridad.

Desde las cenizas de la desesperación y las llamas del fiasco, Pia se alzó cual ave fénix y Nic sintió que el pecho iba a estallarle de orgullo y amor.

Cuando las puertas de la sala al fin se cerraron, Olympia no miró hacia la mesa de conferencias sobre la que Nic se apoyaba.

Nicandro se cruzó de brazos para ocultar el temblor que sentía, y para no tomarla en sus brazos y suplicarle una segunda oportunidad. De tener un mínimo de sentido común, algo discutible dado que acababa de anular su propia boda, intentaría atraerla hacia sí con suavidad.

–Has estado magnífica, querida.

Ella se volvió bruscamente, tanto que aterrizó sentada en el suelo.

Nic tuvo que apretar los dientes para no soltar una carcajada.

–¿Qué... qué haces aquí? –preguntó ella perpleja mientras intentaba ponerse en pie.

Nic se apartó de la mesa y dejó caer los brazos a los lados del cuerpo. Recordó aquel día en que se había levantado de la cama y contemplado las barras en las que volvería a aprender a caminar. En realidad, lo que estaba viviendo en esos momentos era mucho peor que aquello.

–¿No deberías estar...? –ella agitó una mano en el aire–. ¿No deberías estar de luna de miel?

–¿Adónde vas? –Nic reprimió el impulso de correr tras ella.

–Tan lejos de ti como pueda. ¿Vas a contestar a mi pregunta?

–La gente suele irse de luna de miel solo cuando se casa, Pia.

Olympia se paró en seco y se apoyó contra la pared.

Nic ya había tenido suficiente y se dirigió hacia ella.

–Quédate ahí mismo donde estás, *Lobisomem*.

–No –gruñó él frustrado al ver que ella intentaba esquivarlo–. Te has ganado un azote.

–Me gustaría verte intentarlo.

Nic se rio travieso y fue tras ella.

–Nic, hablo en serio.

–¿Nerviosa, querida?

–Sí. Quiero decir, no. ¡Quédate ahí!

–Lección número uno –Nicandro habló con voz grave y dominante, la que hacía estremecerse a Pia–. Tú no eres mi jefa, Olympia Merisi, y, cuando te digo que te pares, te paras.

–¡Jamás! –bufó ella–. Y ahora lárgate con tu prometida y déjame en paz.

–¡Por Dios! No tengo prometida. Ya no.

–¿Y eso? ¿Se ha dado cuenta de que iba a casarse con un lobo con piel de cordero?

–No. Se ha dado cuenta de que estoy enamorado de otra.

–¿Qué? ¿Y quién se lo dijo?

–Fui yo.

–Entiendo –ella parpadeó perpleja–. Cuando recibiste mi nota y comprendiste que ya no tenías que seguir con la estafa. Pobrecilla, seguramente le has roto el corazón.

–¡Yo no le he roto el corazón! El amor nunca formó parte de la ecuación. Yo... Espera un momento, ¿qué nota? ¿Y a qué te refieres con «estafa»?

–¿No recibiste mi nota esta mañana? –ella frunció los labios.

–No. ¿Me has escrito una nota, Pia? ¿Y qué decía? Cuéntamelo, por favor.

–No hasta que no me digas para qué has venido –Pia sacudió la cabeza lentamente.

Perdida toda la paciencia, Nic saltó sobre la mesa y se deslizó sobre ella hasta aterrizar frente a una estupefacta Olympia a la que acorraló contra la pared.

–Así está mucho mejor. Prefiero el toque personal –susurró él.

Pia se retorció y empujó el fornido cuerpo de Nic, sin lograr moverlo ni un centímetro.

–¿Por qué no te has casado?

–Porque hace unas semanas conocí a una increíble mujer a la que pretendía convertir en el objeto de mi venganza –Nic le tomó el rostro entre las manos y le besó la frente–. Esa mujer consiguió asustarme, y yo no soy hombre que se asuste fácilmente, Pia. Me dije que solo era el medio para alcanzar un fin. Pero lo que no quería admitir era que me había robado el corazón.

–¿En serio, eso hizo? –Pia respiraba entrecortadamente.

–*Sim* –él le besó la punta de la nariz–. Hasta que no supe quién era yo y que solo respiraba por ella.

–Entonces, ¿por qué...?

–¿Por qué te dejé sola en esa cama mientras el corazón se me partía en mil pedazos?

–Sí.

–Porque no quería vivir el mismo matrimonio que habían vivido mis padres. Mi padre estaba obsesionado con mi madre, más allá de toda razón. Fue él quien disparó primero en aquella habitación, Pia. Fue él quien mató a mi madre.

–¡Oh, Dios mío! –Olympia lo miró espantada.

–Mi padre perdió Diamantes Santos en un trato amañado en Q Virtus, esa parte ya la sabes. Pero lo que seguramente no sabes es que el dinero era de mi madre. Ella era la heredera Santos. Mi padre se cambió el apellido para hacerse con el control. A menudo la acosaba cuando ella salía, o montaba en cólera si la veía hablar con otro hombre. Las peleas a gritos solían durar horas. Una vez la encerró en el ático. Pero cuanto más la agobiaba, más se rebelaba ella. Todo sea dicho, era una mujer aficionada a las juergas. Muy volátil.

–Eso me recuerda a mi infancia –Pia desvió la mirada–. Volátil.

–Lo sé, bonita –Nic la abrazó con ternura–. ¿Tu madre sigue viva?

–No. Murió de una sobredosis hace un par de años. No había vuelto a verla desde que me dejó frente a la casa de mi padre. Él le entregó cincuenta mil dólares para que desapareciera.

–Cuando un Santos se casa, es definitivo. Ese fue el problema entre mis padres. Hay una leyenda en torno al collar. El Corazón de la Tormenta. Solo un verdadero Santos puede llevar el diamante, so pena de provocar la ira de los dioses. Y lo mismo sucede si la unión entre dos Santos se rompe. No son más que tonterías, pero cuando lo vi colgado de tu cuello... mirando atrás, ahora sé que tú me estabas destinada y creo que esos diamantes me llevaron a ti, Pia.

–Creo que había algo más que venganza en tu mente, Nic.

–Lo sé. Nuestros padres tendrían mucho de lo que responder.

Tomándola en sus brazos, Nic se sentó en un sillón de cuero.

–Cuando mi padre perdió su imperio, los hombres de Merisi fueron a nuestra mansión y sorprendieron a mis padres enzarzados en una de sus peleas. Mi madre gritaba que ya estaba harta y que lo iba a abandonar –Nic cerró los ojos–. Mi padre le arrebató el arma a uno de los hombres de Merisi y le disparó al corazón. Delante de mí. Lo siguiente que supe fue que todo el mundo disparaba y uno de esos hombres mató a mi padre. Yo me vi atrapado en medio y recibí una bala en la columna vertebral. Tardé un año en volver a caminar.

–¡Nic, cuánto lo siento!

–Necesitaba una razón para vivir, Pia. Encontrar a tu padre y hacerle pagar por el trato amañado, por enviar a sus matones a mi casa y por empujar a mi padre al borde del precipicio. Para mí era como si Antonio Merisi hubiera puesto esa pistola en la mano de mi padre y prácticamente apretado el gatillo. Lo único que me empujaba a seguir vivo era la sed de venganza. Y también recuperar Diamantes Santos. Hasta que te conocí.

–Ojalá me hubieras contado esto, confiado en mí. Ahora entiendo por qué ibas a casarte con ella.

–La hija de Goldsmith es agradable, muy tímida.

Entre nosotros no habría habido problemas de celos, ningún estallido verbal. Pero me faltaba algo. Yo no soy mi padre, no soy como él.

–No, no lo eres.

–Y tú no eres mi madre. No me malinterpretes, yo adoraba a esa mujer, pero estar casado con alguien como ella... –Nicandro se estremeció.

Pia sonrió y sacudió la cabeza.

–¿Sabes qué tiene de malo un matrimonio sin sobresaltos, Pia? No hay pasión. El corazón no se estrella contra el pecho al mirar al otro. No queda un profundo vacío cuando el otro no está. Te he echado mucho de menos, Pia. Me sentía morir sin ti.

–Yo también te he echado de menos –asintió ella con voz temblorosa antes de besarlo.

–Quizás cuando me gane tu confianza –Nic respiró hondo–, consiga que sientas algo más.

–A lo mejor te he amado desde el principio.

–¿A lo mejor, o seguro que sí? –Nic sintió que el corazón dejaba de latirle.

–Seguro que sí, sin duda.

–Pero –pasada la euforia, Nic aterrizó– estabas dispuesta a dejar que me casara con otra.

–Te di la oportunidad de elegir –ella lo miró con descaro–. Algo que no había hecho hasta ahora. Desde la muerte de mi padre yo creía ser libre, tener el control de mi vida, pero, como bien dijiste, él seguía controlándome desde la tumba y no me permitía sentirme orgullosa por todo lo que había logrado.

–Y deberías sentirte orgullosa.

–Sacudiste mi vida como un huracán –ella frotó su nariz contra la de él en un beso esquimal–, me mostraste el mundo fuera de mi jaula. Y la idea de volver a encerrarme ahí dentro me daba más miedo que salir a la luz. De modo que decidí ofrecerte todos los hechos y que decidieras.

–¿Qué hechos?

–Que Goldsmith quería engañarte. Él solo posee el cuarenta y dos por ciento de Diamantes Santos.

–¿Qué? ¡Asquerosa sabandija! Espera un momento. ¿Quién posee el resto de las acciones?

–Tú –Pia sonrió satisfecha.

–De ser así, lo sabría, querida.

–Solo si tu abuelo te ha contado que te he traspasado mi cincuenta y ocho por ciento esta mañana. Diamantes Santos está de nuevo donde debía estar. También le he devuelto el collar.

Nicandro la miró perplejo mientras asimilaba sus palabras y los ojos se le llenaban de lágrimas.

–Me amas. Para hacer una cosa así tienes que amarme.

–Por supuesto que te amo –ella le tomó el rostro entre las manos y lo besó–. Con toda mi alma. Me sorprende que no te dieras cuenta de lo de los diamantes. El accionista mayoritario es el que se queda con las joyas, Nic. ¿No te diste cuenta en Zanzíbar?

–Lo único en lo que podía fijarme era en ti –él se encogió de hombros.

Olympia soltó una carcajada, mitad sollozo, y se abrazó a él.

–Cásate conmigo, Pia –suplicó Nic–. Por favor.

–Me lo pensaré –contestó ella, abrazándolo con más fuerza.

Aunque el tono era de broma, él supo que le estaba pidiendo más tiempo. Tiempo para aprender a confiar en él. Y, aunque iba a ser una tortura esperar, Nic no podía reprochárselo.

–Pero, si acepto, no quiero que te cambies el apellido por el mío, Nic.

–Eso jamás sucederá, Pia. Serás tú quien adopte el mío. Fin de la discusión. Nuestras luchas de poder empezarán y terminarán en la cama, bonita. Y yo mando.

Ella le cerró la boca con otro beso cargado de pasión y deseo.

–Te va a parecer una tontería, pero hay algo que me está atormentando.

–¿Qué, querido? Cuéntamelo.

–¿Qué puedo regalarte que tú no tengas ya? ¿Hay algo que no puedas comprarte?

–Tu corazón –Pia lo acarició con ternura–. Esa deliciosa sonrisa. Cómo me haces el amor.

Ella deslizó la lengua por los labios de Nic mientras se retorcía sobre su regazo.

–Adoro cuando me haces volar. Solo tú eres capaz de ello. Solo tú eliminas mi soledad. ¿No lo ves? –susurró ella–. Te necesito y renunciaría a todo para tenerte siempre.

–¿Lo harías? –Nicandro tragó nerviosamente.

–Sin dudarlo. Y a lo mejor algún día podrías darme un bebé para que pueda llevarla al fútbol, con mis tacones, y gritarle obscenidades al árbitro.

–¿Llevarla? ¿No habrás querido decir «llevarlo»?

–Las chicas también juegan al fútbol, Nic –Pia enarcó una ceja–. Nada de desigualdades en casa.

–Que Dios no lo permita.

Nicandro deslizó las manos hasta los pechos de Pia, acariciándole los pezones hasta que ella echó la cabeza hacia atrás y gimió. Tenía que desnudarla. Ya.

–Creo que podré hacerlo, Pia –le prometió él mientras le desabrochaba la blusa.

–¿En serio? –preguntó ella casi sin aliento.

–*Sim*. Y empezaré ahora mismo. Te voy a hacer estallar.

–¿En la sala de juntas? –ella fingió sentirse escandalizada, pero las mejillas sonrojadas la traicionaron–. No podría volver a celebrar una reunión aquí dentro.

–Pues a no ser que tengas una cama en tu despacho, yo no me muevo de aquí.

–Mi ático está ahí arriba. Llévame.

–Desde luego que te llevo, Pia. Hasta el cielo y de regreso. Una y otra vez. Cada día de nuestras vidas.

Epílogo

Un año después

–No me lo digas –Narciso sonrió burlonamente–. Tu esposa también posee la naviera Ophion.

–Sí –Nic se rio sobre la cubierta del yate rumbo a su luna de miel–. Bonito barco, ¿verdad?

–Me alegro muchísimo por ti, amigo. Ya era hora de que te convirtiera en un hombre honrado.

Al principio, Pia le había mantenido en vilo, pero él había conseguido controlar el pánico, consciente de que necesitaba tiempo para convencerse de que podía confiar en el amor. Después habían estado muy ocupados convirtiendo Q Virtus en el fenómeno que era y Pia había atraído a numerosas empresarias de éxito. Tampoco existían ya las arcaicas reglas ni el secretismo. Gracias a ella, el club pasaría a la historia como uno de los más respetados de todos los tiempos.

–Creo que te debo algo –Nic hundió la mano en el bolsillo de su traje.

–Un cerdo de oro –Narciso soltó una carcajada–. Desde luego, te tiene de rodillas.

–¿Quién está arrodillado? –preguntó Pia mientras abrazaba a Nic por detrás.

–Yo –Nic aspiró el dulce aroma–, pero eso será dentro de un rato, bonita.

–Si no estuviera ya casado... –murmuró Narciso.

–Te amordazaría bajo cubierta –le espetó Nic, que siempre caía en las trampas de su amigo.

–Esa es mi función –Ruby se unió al grupo–. Y no olvides que sí estás casado, señorito.

–Feliz, loca y profundamente casado.

A Nic no le pasó desapercibido el gesto de Narciso al acariciar la barriga de Ruby.

–¿Hay algo que quieras contarnos, colega?

–Veintidós semanas y seguimos –el otro hombre guiñó un ojo.

Las felicitaciones y exclamaciones atrajeron a Ryzard y Tiffany a cubierta.

–¿En qué se convertirán nuestros hijos? –se preguntó Tiffany, cuyo primer hijo ya había nacido.

–Los indicios apuntan a que Max tendrá el mismo don de mando que su padre y su abuelo.

–Cierto –asintió Nic–. ¿Qué tal tu padre en la Casa Blanca?

–Le gusta más tener a su nieto sentado en las rodillas. Apuesto a que Max estará ahora gateando por el despacho oval, o recibiendo mimos de la primera dama.

–Ese es mi chico –Ryzard se rio.

–En cuanto a los recién casados –Narciso sonrió–. Están pensando en un equipo de fútbol.

–¿Qué? –balbuceó Pia.

–Yo no he dicho nada de eso –Nicandro intentó permanecer serio–, aunque sería divertido.

El yate atracó en el muelle de una isla tropical.

–¡Madre mía! –Ryzard fue el primero en recuperarse de la impresión–. Bienvenidos a Atlantis.

Se trataba de un complejo vacacional exclusivo para miembros de Q Virtus. Ellos serían los primeros huéspedes. Los yates anclados en el muelle indicaban que los invitados a la recepción ya habían llegado, Avô y Lily entre ellos.

Nicandro tomó una copa de champán que le ofreció un camarero y la elevó en un brindis.

–Por mi esposa, Olympia Carvalho Santos, por convertirme en el hombre más feliz del mundo. Y por cada uno de vosotros, gracias por participar en la celebración. Vivimos un nuevo amanecer, amigos. Y no hay nadie con quien más quisiera compartirlo.

Un coro de vítores llenó el aire y el champán fluyó hasta bien entrada la noche.

Deseo

EL HEREDERO DESCONOCIDO

JULES BENNETT

Lily Beaumont mantuvo un tórrido romance con Nash James, el mozo de cuadras de la propiedad en la que estaba filmando una película sobre una de las dinastías más conocidas del mundo de las carreras de caballos. Nash estaba fingiendo ser un simple mozo de cuadra para vengarse de su rival y padre biológico, Damon Barrington. Pero tendría que encontrar la manera de decir la verdad y conservar el afecto de una familia a la que había llegado a querer, así como a la mujer de la que se había enamorado.

El problema llegó cuando supo que estaba embarazada

¡YA EN TU PUNTO DE VENTA!